薔薇與香檳

— 2 —

Roses AND Champagne

ZIG | IRpot | Zeng-Na Ge
Presents

장 미 와 샴 페 인

contents

Roses and Champagne

Jangmiwa Syampein

Caesar Alexandrovich Sergeyev & Jung Lee Won

第14章

糟糕了。

利元臉色蒼白地思考著，凱撒的呼吸到剛剛為止還算平穩，現在卻越來越急促，像是已達到極限般不停地喘著氣。狙擊手依然追著他們，就算沒有經過訓練或是有特別的預感，利元也能感受得到。

凱撒的出血狀況比想像中嚴重，慘白的臉上看不到一絲血色。不過染血握槍的手依然充滿了力量，利元擔心地看著凱撒，突然聽到後方傳來聲音，嚇得回頭一看，凱撒就抓住了利元的肩膀。

「沒事，那是樹葉聲。」

如他輕聲說的那樣，不久後他聽到了同樣的聲音，看到乾枯的樹葉在不遠處互相磨擦發出聲音。凱撒閉著眼睛坐靠在岩石上，利元沿著他抱著自己肩膀的手臂往下看，看到拿著槍的手，即使不是慣用手，依然握得穩固。

利元直盯著他看，後來才把自己帶過來的凱撒的外套蓋在他身上。突然感受到溫暖，凱撒睜開眼，很快開了個玩笑。

「虧你還好好帶著它。」

「跟你絕對不會忘了帶槍的道理一樣。」

利元指責他違反約定，凱撒便露出了苦笑。凱撒的身體已經變得十分冰冷，除了狙擊手和失溫症之外，利元現在還開始擔心凱撒的失血狀況。他突然感覺到凱撒笑了一下，訝異地轉過頭，凱撒就說話了。

「別擔心，我遇過比這更糟的情況。」

凱撒吃力地抬起手來撫摸了利元的頭。

「放心，不論發生什麼事，我都會保護你。」

利元什麼話都沒說，他似乎從沒有比現在這一刻更相信他過。利元從他的話、行為和一切感受到真心。

利元心想，他到底經歷過什麼？生命隨時會受到威脅，為了防範綁架而接受生存訓練，從所有危險中活下來的現在，他在想些什麼呢？利元無法得知，他第一次感受到這種無力感，現在這一刻，沒有任何自己可以辦到的事情，反而變成了累贅。

利元輕輕咬住嘴唇，突然發現凱撒一直都沒說話，他有種不祥的預感，立刻搖了搖凱撒的肩膀，可是他沒有任何反應，讓利元驚慌失措。

「凱撒！」

利元不禁大喊他的名字，卻沒有得到回應。利元臉色煞白，粗暴地搖晃著他的肩膀。

……抱歉，你得死掉才行。

她滿臉愧疚地說道。

要殺掉像你這樣的小孩，我也很不好受，但我沒有辦法。

凱撒直盯著用槍口指著自己的女人，沒有感到恐懼或失落，只是覺得「又來了」。被丟在山裡、被刀刺傷、在沒有食物的情況下被丟棄，這種事情他都經歷到煩了。他想起學校老師叫他寫關於「我的未來」的文章時，自己寫了「總有一天我會死掉」，讓老師感到無所適從，還為此把他的父母叫到學校來。

其實凱撒到現在都還不知道她是否真的感到愧疚。她用槍指著凱撒的頭，而他只是照著熟悉的方式行動而已。凱撒用揹在背後的手從腰間取出小刀來，當她扣下扳機，他同時把刀丟了出去。小刀準確地刺進了女人的心臟，凱撒的肩膀也被子彈貫穿了。

無論如何，活下來的是凱撒，他低頭看著倒在地上滿身鮮血的女人。

她是凱撒的家庭教師。

「凱撒……凱撒！」

聽到不斷呼喊自己的聲音，他好不容易恢復了意識。糟糕，竟然昏過去了。凱撒不禁對自己咋舌，這點程度竟然就失去意識，真是丟臉。看到凱撒睜開了眼，利元慘白的臉終於恢復了一點血色。

凱撒摸著利元的頭表示不用擔心時，利元的表情變得有點奇怪。不過凱撒沒有在意，他只是確認了手槍的彈匣。只剩下一發子彈，現在確實很危險，凱撒輕輕嘆口氣後開口。

「我一開槍，你就馬上跑。」

凱撒低聲命令完，接著呢喃道。

「要堅強地活下來，不要有任何妥協。」

他低聲念出漢斯．索爾的臨終之言後，突然把抱著的利元推開，站了起來，利元來不及叫出聲來就倒在了地上。

男人從遠處走過來，在黑暗籠罩和白雪濃霧覆蓋的樹林中，勉強只能看到對方的輪廓。凱撒用槍直指著目標，直接扣下了扳機。

砰——

撼動天地的巨大槍聲響起，堆在樹木和山坡上的雪頓時朝著男人和凱撒中間傾洩而下，利元立刻飛身與凱撒跑了起來。

匡噹！

門隨著巨響被推開，剛好在打掃大廳的老闆娘嚇得抬起頭來，高大的身影同時映入眼簾。

老闆娘不禁瞪大眼睛倒抽了一口氣，接著才發現他是入住自家旅館的房客。被白雪覆蓋的銀色男人喘著粗氣看著老闆娘，利元急忙想要扶住他，卻已經太遲了，他就那樣失去了意識。老闆娘看到流血倒下的凱撒，嚇得尖叫。利元慌忙接住凱撒，但承受不了他的重量，往後退了幾步。

「天啊，發生什麼事了?!」

臉色慘白的老闆娘慢了半拍才著急問道，利元氣喘吁吁地回答。

「沒……什麼，只是在散步途中……受了點傷，請問、可以幫我叫醫生嗎？」

「天啊，是，當然了！老公，快去連絡包利斯醫生！我的天啊，怎麼傷得那麼嚴重，請到這邊來，要趕緊止血才行……」

老闆和老闆娘急忙一起扶住他，利元用蒼白的臉焦急地望著失去意識的凱撒。

醫生不久後就來到旅館，拿著診療包冒著大雪而來的他，一進門就急忙找尋患者。

「聽說是散步時受傷的，看看他流了這麼多血，怎麼會變成這樣呢？」

聽到臉色鐵青的老闆娘趕忙解釋，醫生立刻查看傷口，接著就看到他嚇了一跳。

「醫生，怎麼了？是怎麼回事？情況很嚴重嗎？」

老闆娘再次急忙詢問，醫生觀察了一下傷口，開口道。

「不，不是那樣的……不過非相關人等可以先出去嗎？會妨礙治療的。」

聽到醫生嚴肅的話，老闆娘紅著臉連忙和老闆一起出去，只剩下了利元之後，醫生就不說話了。利元不知為何有種不祥的預感，等待醫生開口。醫生在滿是血水的傷口擦上消毒藥水，仔細觀察傷口的深度，用乾淨的棉花按壓著出血部位說話了。

「聽說你們是去散步？」

聽到不知怎的像是在審問的口氣，利元緊張地回答。

「對，稍微散步了一下……」

醫生換了棉花，再次壓住傷口說道。

「雖然說不上是山，但我也滿常去村莊後方的那個山坡的。」

聽到他平靜的聲音，利元愣了一下，醫生不慌不忙地接著說道。

「今天聽到了很多種聲音，不少村民們都感到有些不安，再加上村子裡也傳出了槍聲……」

利元嚇得心跳快要停止了，醫生轉頭看著臉色蒼白、不發一語的他。利元第一次和醫生對到了視線。

「我不在乎是不是你們幹的好事，我只是不喜歡有外地人擾亂村民的安寧。」

再次拿出棉花的醫生確認了出血狀態後，用新的棉花壓住傷口。在醫生治療傷口的期間，利元只是在一旁觀看而已。醫生縫合了傷口，用繃帶包紮好之後，一邊整理東西一邊說道。

「看來子彈是整個射穿了肩膀，出血也止住了。我做好了應急措施，等這一位醒來後，就請盡快離開這裡吧。」

醫生提著包包從座位上站了起來，正眼看向利元。

「這裡是安靜祥和的小村莊，希望你不要讓我們捲入紛爭之中。」

醫生留下最後的警告就離開了房間，利元只能用為難的表情看著關上的門。

＊＊＊

肩膀的痛楚如火燒一般，全身都在燃燒，多久沒有這種感覺了，凱撒閉著眼睛想著。對，我中槍了，好久沒有這樣了。他感到有點懷念地睜開眼睛，朦朧的視野中映入了某個東西，呆呆地躺了好一陣子的凱撒眨了眨眼睛，後來眼睛終於聚焦，眼前的動物形體顯形。

大大眼睛眨呀眨，一頭鬈髮和小小的嘴唇就在自己額頭上方，在視野中放得極大。凱撒看到近在眼前的圓臉，嚇了一跳。這時，小孩突然從凱撒上方跳下來大喊道。

「醒了、醒了！叔叔，媽媽～」

凱撒呆呆看著孩子吵鬧著跑過去的背影，還是覺得很恍惚，已經很久沒有發這種高燒了。他依然躺著眨了眨眼睛，就聽到急促的腳步聲傳來，反射性地轉過頭，很快便看到開門進來的熟悉面孔，安下了心。利元臉色蒼白地走過來看他。

「你醒了嗎？感覺怎麼樣？」

利元小心翼翼地撥開黏在凱撒額頭上的頭髮，他看起來似乎還沒有完全清醒過來。凱撒覺得自己意識朦朧的原因是因為發燒。

「我沒事。」

凱撒沒想到自己的聲音會這麼沙啞，不禁皺起眉頭，利元表情苦澀地笑了一下。他似乎有什麼煩惱的樣子讓凱撒突然有些在意，而利元開口道。

「就像你說的，下大雪了。」

這時凱撒才看向窗外，但映入眼簾的只有被白雪覆蓋、一片漆黑的夜晚景色。利元靜靜地繼續說道。

「我打聽了一下，飛機已經停飛了，看樣子是無法照原定行程回去了。」

照這樣看來，船班或飛機都沒有希望了。凱撒原本想說那就算了，但很快就聽到一陣騷亂的腳步聲，閉上了嘴巴。努力推著老舊的門走進來的是老闆娘的女兒，孩子的小手拿著一個裝滿水的杯子。

「來，水。」

孩子用單手遞出杯子，露出笑容。利元緊張地等著凱撒的反應，以他目前的狀態應該無法對孩子做什麼，但還是免不了擔心。他呆呆地看到凱撒，這時凱撒想坐起身來，看到他努力撐起手臂的樣子，利元伸出手來。

「需要幫忙嗎？」

凱撒沒有回答，自己坐了起來，利元看著他，把手縮了回去。凱撒把視線轉向孩子，站在狹窄床鋪旁的小孩一直把杯子伸出來等著他。直盯著她看的凱撒伸出手來，在緊張地注視著他們的利元面前靜靜接過水杯，拿到嘴邊。利元一方面感到安心，一方面感到驚訝地看著凱撒，凱撒似乎非常口渴，他把全部的水都喝光後才把空杯子還給小孩。

「謝謝。」

孩子聽到機械式的話語，開心地露出燦爛的笑容。守望著的利元訝異地瞪大眼睛，這不是在做夢吧？這令人難以置信的情況讓利元說不出話來，這時小孩開口道。

「叔叔好像天使。」

凱撒也嚇了一跳，他皺眉看著孩子，孩子就雙眼發亮地說。

「閃亮亮的，不只頭髮，眼睛也是，都好漂亮，跟我在教會看到的天使圖畫一模一樣。」

凱撒什麼都沒說，只是催促似的把杯子推出去，孩子開心地想要接過凱撒手上的杯子，就在這時——

突然有一陣大風摻雜著奇特的聲音，在利元愣住的一瞬間，隨著劇烈的聲響，玻璃窗破碎噴飛，凱撒手上的水杯也變得粉碎。

那真的是在剎那間發生的事情，凱撒想把杯子遞給孩子的手上，瞬間什麼都沒有了，粉碎的玻璃碎片噴濺四方，孩子呆愣地伸著手，滿臉驚訝。

發生的一切都在幾秒間就過去了，但對利元而言非常緩慢，飛濺的玻璃碎片、驚訝地瞪大眼睛的孩子、凱撒手上粉碎的杯子，全都像慢動作般，在利元眼前緩緩掠過。

明明就在眼前，明明知道該做些什麼，身體卻不聽使喚，利元呆呆地站著，看到凱撒用空無一物的手把孩子的頭抱過來，用全身包裹住孩子，小孩還沒來得及尖叫，小小的身軀就被凱撒的手臂藏了起來，凱撒就這樣從床上跳下來，對著利元大喊。

「還在幹嘛？趕快趴下！」

利元這時才急忙瑟縮身體，躲到角落，像等待已久似的，槍聲立刻接連響起，牆壁各處都被打穿了。像在打拍子般規律的槍聲不久後就停住了，利元靜靜地趴著豎起耳朵，只有聽到風聲。

結束了嗎……？

好不容易撐起身子的利元看著跟自己一樣趴在地上的凱撒，他像是在確認槍擊是否結束般，從破裂的窗戶觀察昏暗的外頭。沉默了好一陣子的凱撒回過頭來，到那裡為止小孩還一直被他緊緊地抱在懷裡，而凱撒那時才察覺到那件事，同時瞪大了眼睛。

比起利元，應該是凱撒本人更難以置信，他竟然抱住、保護了孩子。凱撒心神不寧地用微妙的表情俯視著孩子，失神地眨著眼睛的小孩表情突然變得扭曲，終於哭了出來。凱撒尷尬地抱著大哭的孩子。

看著那樣的他，利元則因為其他原因，內心一陣複雜。就算是突如其來的事情，但自己什麼都沒做到，他沒能護住孩子，也沒能保護凱撒，只是呆呆地站在那裡而已。

怎麼可以這麼沒用？

他輕輕咬住嘴唇，隨著嘈雜的腳步聲，老闆和老闆娘跑了過來。

「天啊，卡特亞！」

「這是怎麼回事？怎麼會發生這種事……！」

聽到槍聲跑過來的老闆、老闆娘和客人都陷入混亂，大叫出聲，凱撒搖搖晃晃地站起來，沉默地把孩子交給夫妻倆。老闆娘看到滿臉淚水的孩子，嚇得立刻把孩子搶過來。臉色立刻變得慘白的老闆娘往後倒退幾步，看到房間的景象時呼吸都停住了，房間內變得一片狼藉，不只是老闆，其他旅客也探頭過來，交換著不尋常的眼神。

「這麼說來，聽說白天有槍聲響起……」

「還有傳聞說有人死掉了。」

「怎麼偏偏在這種時候……」

所有竊竊私語全都針對利元和凱撒而來，包含老闆和老闆娘，沒有人對他們抱持好意，所有的視線都明顯透露出反感和懷疑。老闆開口的瞬間，利元已經察覺到他想說什麼了。

「雖然很抱歉，但可以請你們離開嗎？因為房間都變成這樣了……住宿費我會還給你們的。」

老闆臉色蒼白、語無倫次，擺明就是要趕他們走。利元不知所措地回頭看向凱撒，先不提自己，他受了這麼嚴重的傷，如果就這樣被趕出去就麻煩了。

「抱、抱歉，請問能不能等到雪停了為止，不，到天亮為止就好……」

利元還沒說完就放棄了，大家看著他們的眼神都不懷好意，彷彿他們不乖乖聽話，就會被硬拖出去一樣，利元毫無辦法，只好接受了。

狙擊手不會還在外面等著他們吧？

利元感到有點不安，但凱撒沒有太大的反應，反而一副理所當然的樣子，找出血跡斑斑的西裝披在身上。

凱撒把利元帶過來的外套掛在手上後轉過身去，看著他們的人們便同時往後退，立刻分成了左右兩排，利元覺得很不是滋味，但凱撒依然什麼都沒說。

喀噠。

凱撒的腳步聲聽起來特別響亮，利元看著他默默走去的背影，心情複雜。他真的太過無動於衷了，彷彿這種事就是他的日常一般，不論是被別人敬畏、害怕或是厭惡，都跟自己無關的態度，那一瞬間，利元看到了圍繞在他身邊的是徹底的孤獨。

他總是孤獨一人。

凱撒通過老闆和老闆娘面前時，小孩突然向凱撒伸出手來。

「這孩子是怎麼了？」

老闆娘急忙阻止她，但小孩不聽話，她被抱著卻不斷掙扎，害老闆娘只好把孩子放下來。孩子的腳一著地，立刻就朝凱撒跑去。

「謝謝你，叔叔。」

孩子用清澈的眼睛抬頭看著凱撒，人們屏息觀察接下來的情況。凱撒一言不發地看著小孩，伸出了手，大大的手掌撥亂了孩子的鬈髮就離開了。看著他背影的利元移開視線，向老闆娘夫妻低下頭來。

「非常抱歉。」

利元道了歉，老闆和老闆娘便用不是很甘願的表情回禮。接著，利元便追隨著毫不遲疑走進暴風雪裡的凱撒離開了旅館。

◎ ◎ ◎

打開門出了旅館之後，眼前一片白茫茫的雪和伸手不見五指的黑暗交織在一起，利元抓住默默走著的凱撒說道。

「這樣很危險，要觀察周遭啊。」

「反正在這種情況下，就算是神派來的狙擊手也沒辦法開槍。」

凱撒不帶感情地回答。

「而且如果他真的想開槍，剛剛就會做個了結了。」

「那為什麼……」

凱撒看著慌張的利元笑了一下。

「他可能是想宣示自己沒事，或是想表示他隨時可以殺了我們。理由多的是，這應該算是一種報復吧！」

不管情況怎麼樣，狙擊手只要別再朝我們開槍就好。他搞不好認為就算他不開槍，我們也會被活活凍死。在這嚴寒之中，利元感覺到自己的臉馬上就被凍僵了，他開口道。

「有能去的地方嗎？」

凱撒只是默默俯視著利元，而利元像早就知道會這樣似的開口。

「怎麼可以連個對策都沒有就離開？那樣的話我們就應該賴著不走的。」

「那你呢？」

凱撒皺眉露出「你不也一樣」的表情問道，利元卻堂堂正正地回答。

「不論遇到什麼情況，我都不會沒想好對策就貿然行動。」

凱撒只是沉默地皺著眉，在暴風雪中，利元很有信心地轉過身去，紛飛的雪花遮掩視線，根本看不清楚前方。利元往前走了幾步後，停下來回過頭看，凱撒用比平時慢的腳步走過來，他沒有請求協助，也沒有要利元等他，就這樣一個人走著。

利元默默地看著他，再次轉身，一步一步向他走近，終於走到凱撒的面前。凱撒一臉訝異，不知道他要做什麼，只見利元不發一語地抓住他的手臂，搭在自己肩膀上。看到利元準備再次往前走，凱撒露出驚訝的表情，但利元只是默默走著。凱撒的表情恢復平靜，很快也跟著安靜地邁開腳步。

在暴風雪中，兩人不發一語地走著，不過不知為何，利元感覺兩人比任何時候都交流更多了一些。

就這樣在雪中走了一陣子，利元好不容易找到那棟屋子，和利元一起站在房屋面前的凱撒一瞬間懷疑了自己的眼睛。

「這裡是……」

「沒錯。」

利元說道。

「是希斯金先生的家。」

第15章

只是輕輕推了門一下，大門就發出很大的聲響，整個打開。利元讓凱撒先進去後，慌忙地把門關上，他和吹進來的風互相較勁，好不容易關上門後，疲勞感立刻湧現。他嘆了口氣，轉過身去。

凱撒靠牆坐在地板上，雖然穿著溫暖的毛皮大衣，但那個情況應該撐不了多久，再加上受了重傷，體溫很明顯也降下來了，利元首先摸著牆壁找尋電燈開關。

幸好很快就找到了開關，在燈光下凱撒白皙的臉蛋看起來更加蒼白，利元急忙想要找到可以休息的地方，轉身察看，那一瞬間，他看到了放在客廳中央的屍體。

理所當然的，這裡的屋主和最後看到的時候維持同樣的姿勢，因為氣候嚴寒，似乎不太容易腐敗。看著僵硬結凍、一動也不動的他，利元因寒冷以外的理由起了雞皮疙瘩。

不過他沒有選擇的餘地，與其在外面凍死，和屍體度過一個晚上要好多了。利元下定決心後環視周圍，他在煩惱要選窗簾還是地毯時，立刻發現了室內會這麼寒冷的原因，是因為窗戶全都被打破了，冷酷的北風直接灌進來，客廳裡甚至還結了冰柱。

該死的傢伙，下次再被我遇到試試看。

過了一會，利元咬牙抓起了地毯，地毯上的血漬已經乾了，但他還是有點介意。利元立刻用它蓋住了希斯金的屍體，連人帶椅地把他拖到離客廳盡可能遠的地方。

接下來是窗戶，他在屋子裡找出感覺還算能用的工具箱，迅速用木板把窗戶釘好，完成小小的工程後終於安下了心，風吹不進來，這才覺得整個人都活過來。好不容易大致整理完畢後，利元立刻朝凱撒走去。

「你站得起來嗎？」

利元伸出手來，而凱撒只是盯著他看，讓利元有種馴服了凶猛野獸的感覺。利元靜靜屏息等待凱撒的反應，默默看著利元的凱撒伸出手來抓住他的手，在那一瞬間，利元不知為何鬆了一口氣。

利元扶著搖晃的凱撒，讓他在暖爐附近坐下，接著急忙堆起木柴，他找出了紙張和打火機，努力想在堆成小山的木柴上點火，卻無法如願地生起火來。他不只把所有紙張都拿來燒，甚至還脫下外套不斷搧風，才勉強把火生了起來。看到好不容易竄出的火苗，利元不禁露出燦爛的笑容。

利元突然聽到有笑聲傳來，回頭看到凱撒指了指自己的臉，他便不自覺地摸了自己的臉頰，看到沾在手上的黑炭，皺起了眉頭。凱撒笑著說話了。

「你真的是就算掉到沙漠裡也能活下來。」

利元露出「你在說些什麼啊」的表情看著凱撒，他便瞄了一下希斯金屍體的方向。

「我沒想到你會提議要過來這裡，我以為一般人看到屍體都會嚇得渾身發抖。」

利元當然也覺得很可怕，但如果是這種沒得選的狀況，就只能硬著頭皮上了，利元不帶感情地回答。

「就算屍體很可怕，也不能凍死在外面啊。」

「是啊。」

凱撒爽快地表示同意，輕巧地說道。

「你有時候比我更像個黑手黨。」

利元馬上否認。

「這是合理的行動。」

利元雖然沒有表現出來，但他在內心跳腳地說著「怎麼可能啊」。在自己面前毫不猶豫地開槍的凱撒，隨著白天發生的事情在腦海裡復甦，臉色頓時變得難看，因為發生了太多事情，他竟然忘了來到這裡的目的。利元不禁自言自語道。

「到底是誰殺了希斯金先生……？」

為了什麼目的？

一定是跟貪汙有關的某個人，不過竟然還雇用狙擊手，把事情搞得這麼大，到底是誰……？

凱撒似乎也跟利元想著同樣的事情，不過他懷疑的對象比較明確。

是羅莫諾索夫，還是別人？

顯而易見的處決方式反而讓人起疑，凱撒皺著眉頭沉思。

「關於雷歐尼得先生的事情，你有所了解嗎？」

聽到利元詢問，凱撒搖了搖頭。

「雖然那傢伙身手相當了得，但我沒有親眼看過狙擊手的臉。」

這也是理所當然的，畢竟凱撒不是執行任務的人，而是下令的人，不過利元還是問道。

「有那種身手的人，應該沒幾個吧？」

凱撒點了點頭。

「不到十個。」

他就是其中一個。能委託這種狙擊手的人……

最終，想法一直在同樣的地方打轉，利元的表情變得嚴肅。唯一的證人消失了，讓他覺得未來一片灰暗，殺了證人的人一定是笑著的吧？這樣的話，凶手應該是證人死了，會對他有利的人……

「會不會是茲達諾夫議員？」

如果他們勾結在一起就絕對有這個可能性，再加上他現在也有好幾個官司纏身。聽到利元不經意說出的話，凱撒搖搖頭。

「我不那麼認為。」

「不然呢？」

聽到利元詢問，凱撒沒有回答。一陣沉默之後，凱撒開口。

「這麼一來，判決確定變成未知數了。」

就在凱撒自言自語的呢喃，讓利元的表情變得有些慌亂的時候——

「不過追查茲達諾夫那邊也是個不錯的方法。」

聽到出乎意料的話，利元眨了眨眼睛。

「你說什麼？」

利元一反問，凱撒便從容地接口。

「貝爾達耶夫和茲達諾夫如果都用同樣的手法貪汙，那茲達諾夫那邊應該也會有證人可以證明說他借了人頭吧？」

凱撒露出淺淺的微笑補充道。

「雖然這只是我的推測而已。」

不過利元不這麼認為，這個想法十分可行。沒錯，都可以找到貝爾達耶夫的人頭了，當然也可以找找看茲達諾夫那邊的。而且比起已經死掉的貝爾達耶夫，還活著的茲達諾夫搞不好更能派得上用場……！

想到這裡，利元打從心底露出燦爛的笑容。

凱撒出神地望著利元，但利元這次沒有收起微笑。他們就這樣凝視著對方好一陣子，

「確實值得一試。」

兩人臉上的笑容不知不覺都消失了，不過他們並沒有避開對方的視線，就這樣看著彼此。

利元突然覺得口中發乾，視線固定在對方的嘴唇上，動彈不得，距離不自覺地變得越來越近。當利元回過神來時，已經近到可以感受到凱撒的氣息。他一察覺到的瞬間，立刻慌張地往後退。

「來喝杯茶好了。」

他馬上像要跑起來似的急忙走開，凱撒依然坐在原地看著他的背影。利元繞過牆壁，躲進廚房，但還是無法撫平脈搏的聲響，他感覺凱撒的視線仍然緊跟著自己，突然覺得全身發燙。利元很想努力壓下不知不覺變得急促的呼吸，卻沒有那麼容易。

外面整個被白雪覆蓋，被雪反射的光照耀到，利元好不容易醒了過來。他依然躺著，呆呆地眨了眨眼睛，閃亮的淺金髮突然映入眼簾，那時他才意識到自己感受到的不是被

雪反射的光，而是凱撒的頭髮。

凱撒還沒醒來，昨天好不容易生起火來之後，兩個人把毛皮大衣當成被子睡在暖爐前面。利元雖然有努力想要離他遠一點，但睜開眼睛就是現在這個情況了。利元和凱撒面對面躺著，不過不知為何，利元並不想起來，他就那麼躺著，靜靜看著凱撒熟睡的臉。

他的睫毛會隨著光線金銀變換，現在被陽光照耀，散發著金色光芒，接近銀色的淺金色頭髮散落在額頭上，平時緊閉的嘴角呈現放鬆狀態，他突然想起旅館女兒所說的話。

他睡著的樣子真的很像天使。

利元猶豫了一下，靜靜地伸出手來，觸碰到些微的氣息，指尖感受到柔軟的嘴唇。利元慢慢地用手指撫過凱撒的唇瓣，按壓住充滿彈性的嘴唇，而後將手拿開，凱撒的臉不知不覺就在眼前，心臟跳得越來越快了，利元感受著呼吸，不禁將頭傾斜。

利元快要閉上眼睛時，看到凱撒皺起眉頭。他要醒過來了。利元嚇得立刻回到現實，他後知後覺地發現自己想要親吻他而慌忙站起，如果被凱撒發現，他寧願當場咬舌自盡。利元一邊想，一邊急忙邁開腳步跑掉了。

聽到遠離的腳步聲，凱撒慢慢睜開眼睛，到剛剛為止還和自己面對面躺著的利元已經不在那裡了。凱撒再次閉上眼睛，朝利元剛才躺著的地方蜷縮起身子，總覺得今天早上不太想起來。

凱撒聽到腳步聲靠近，睜開眼睛，對依然空著的位置感到惋惜的時候，利元在他上方說道。

「該起來了。」

聽到接下來的話，凱撒頓時清醒過來。

「吃飯了。」

凱撒轉過頭去，看到利元拿著托盤俯視著他。他用不甘願的表情慢慢坐起來，利元便繼續說道。

「廚房很冷，我們在這裡吃吧。」

凱撒沒有接下利元推過來的托盤，問道。

「早餐是你做的嗎？」

利元若無其事地反問。

「不是你做的，就是我做的吧？」

凱撒皺著眉頭看向利元，開口道。

「你做了什麼？」

利元回答。

「三明治。」

凱撒的臉色變了，而利元依然面無表情地補充。

「冰箱裡有肉，所以我放進去了。」

對於不發一語的凱撒，利元還加了一句。

「而且放了很多。」

一陣沉默流過，凱撒不發一語地看著利元，讓利元決定老實告訴他。再這樣下去，凱撒搞不好會因心臟病發而死掉。他放下托盤說道。

「騙你的，我加熱了罐頭。」

「呼……」

凱撒看到盤子盛著的是湯的瞬間，不禁鬆了一口氣。利元滿臉不高興，但凱撒因為安心，甚至露出慶幸的表情。

「我的心臟差點要停了。」

凱撒這時才勾起嘴角，利元漫不經心地回答。

「我開個玩笑嘛。」

凱撒聽到立刻搖搖頭。

「別這樣，愛捉弄我的傢伙只有一個就夠了。」

利元露出「你在說什麼啊」的表情眨眨眼睛，凱撒沒有多加解釋地接了一句。

「你很快就會見到他的。」

凱撒沒頭沒腦地說完，就轉移了視線。他把手伸向利元放在地上的托盤，利元就先拿起湯匙，輕輕攪拌起湯。

「來，啊——」

看著利元把舀著湯的湯匙伸過來，凱撒什麼都沒說，只是用非常冰冷的眼神看著利元，一副你這是在做什麼的樣子。

一陣尷尬的沉默，利元眨著眼睛，不知自己哪裡做錯般地看著凱撒。凱撒開口了。

「我可以自己吃。」

然後他像是要證明似的從利元手中搶走湯匙，自己舀湯來喝。利元慢了半拍才感到難為情地說道。

「因為你受傷了，我只是想幫你而已。」

凱撒沒有回答，故意讓他看到般繼續安靜吃著，利元不發一語地看著他，而後站了起來。

「我去拿麵包過來。」

利元覺得自己說了多餘的話，一邊走向廚房。他將剩下的食物放上托盤，想起剛剛看到凱撒靠著自己用餐時浮現的心情，但他不知為何，並不想要去了解那種微妙的感受。

面對面坐著的兩人面前只有湯、火腿和麵包，而且湯是罐頭製品，麵包還是冷凍的。在柴火燃燒的客廳暖爐前，兩個人一起吃著飯。

用餐的時候，利元久違地感受到了腿麻，他瞄了凱撒一眼，見他也不舒服地換了好幾次姿勢。

「就算很冷，下次還是坐在餐桌旁吃飯吧？」

聽到利元這麼問，凱撒露出嚴肅的表情。

「真是兩難，人生果然就是要做出選擇。」

如果是別的時候，利元一定會覺得只不過是吃個飯，何必小題大作地提到人生，但這次他也深有同感。同樣都是粗茶淡飯，他該選擇一直動來動去、換著姿勢吃呢？還是用舒服的姿勢，渾身打顫地吃呢？

「不論怎麼選都一樣難受。」

聽到凱撒苦澀的結論，利元開口道。

「我也想過要把餐桌搬來這裡。」

利元頓了一下，繼續說道。

「不過把它移到這裡，我們就要睡在餐桌上了。」

凱撒聽到之後大笑出聲，利元覺得很不可思議，為什麼我無論說了什麼，這個男人都會笑呢？他感覺不像是個愛笑的人啊？凱撒依然帶著笑臉，對著訝異的利元說道。

「那還真是麻煩。如果摔下來受了傷就糟糕了。」

利元也同意他的話，不自覺地攪拌著湯，嘆了一口氣。

「話說回來，幸好雷歐尼得先生死心離開了，在這種情況下他如果還追來，絕對是死路一條。」

利元突然想到。

「到底為什麼要僱用雷歐尼得先生來殺我們呢？你有沒有什麼頭緒？」

利元完全想不透，唯一能想到的嫌疑人只有茲達諾夫，但被凱撒毫不猶豫地否決了。那麼凱撒推測的凶手是誰呢？對於利元的詢問，凱撒想了一下後開口。

「處決方式是羅莫諾索夫他們的手法。」

利元想起曾聽說過的大型黑手黨組織的名字，跟凱撒的組織是敵對關係，因彼此反目，經常互相廝殺。凱撒不是也說過自己好幾次都差點死掉嗎？那個根源恐怕就來自……

利元回想著曾經讀過的新聞報導時，凱撒說道。

「不過年邁的獅子應該不會用那麼醒目的方式放下誘餌。」

「年邁的獅子？」

凱撒漫不經心地解開了利元的疑惑。

「就是羅莫諾索夫現在的老大，聽說他不久前因病倒下了……」

凱撒瞇起了眼睛。

「在老大回歸時做出這種事情，太魯莽了。」

「那不然是？」

凱撒立刻露出冷笑。

「是我組織內的叛徒。」

聽到意外的話，利元瞪大了眼睛，凱撒接著輕巧地說。

「我認為當我去動貝爾達耶夫，組織內的叛徒就會露出馬腳。」

利元呆呆地聽著凱撒自言自語似的聲音。他剛剛說了什麼?!

「動貝爾達耶夫是什麼意思?你不是說只是想要合法取得他的財產……」

當利元說出自己知道的事實，凱撒就若無其事地回答。

「如果是財產歸屬的事情，我會委託組織內的律師。我會委託你，而不是委託組織內的律師，就是為了阻止情報從內部流出。」

利元的腦袋一片空白，那麼他是為了揪出組織的叛徒才故意做這些事的嗎?還說證據什麼的，把我搞得昏頭轉向，結果也只是別有居心?!

利元漸漸開始了解狀況了，腦中突然變得冰冷，自己打從一開始就被騙了，他好不容易才意識到這個事實。原來他當初就是以證據為藉口設下陷阱，才讓他走到了這一步的。

「我就覺得很奇怪。」

利元瞇著眼盯著凱撒。

「原來你一開始的目的就是那個，說對什麼對官司有利的情報，全都是假的。實際上是為了設下陷阱，打探敵人的真面目，果然你不可能會顧慮到我，而跟著來到這裡。」

利元不知道這些事情，原本還責怪著自己的無能，對凱撒感到愧疚。怎麼可以這麼愚蠢啊？他簡直要恨死自己了，已經被騙過一次了，這次竟然又這麼愚蠢地上當。

利元冷冷地說。

「你到最後都在利用我。」

凱撒立刻皺起眉頭。

「這不是利用，是交易。」

「交易？」

利元無奈地重複凱撒的話，凱撒冷靜地劃清了界線。

「你不是也能從這個案子中得到好處嗎？你想要證據，我只是想要揪出組織內的反對勢力，雖然我沒有說出全部的目的，但這不是彼此都達成協議的嗎？」

他太過理所當然地提出根據的樣子，反而讓利元無話可說。理論上沒有錯，利元打從一開始的目的就很明確，到現在也沒有改變，他從理性上能理解，感性上卻不行。

「你為什麼不一開始就告訴我？」

聽到利元詢問，凱撒簡單地回答。

「因為那樣的話，你就不會接下這個案子了。」

這是當然的，這個男人完全掌握了自己的想法，並設下陷阱，讓利元更加不舒服。

凱撒接著說道。

「這只是個彼此利益一致、各取所需的案子，不用想得那麼嚴重……」

「知道了。」

利元打斷了凱撒的話。

「我都聽懂了，所以不要再說了。在我用刀割掉你的舌頭之前。」

利元在他面前握住切火腿的餐刀，凱撒皺著眉頭，但沒有再說什麼。利元默默地再次開始用餐，內心卻湧上一股怒火。那個男人的腦部構造真的跟我不一樣，利元心想，他又變得什麼都不懂了。

如果不是，那就是故意忽視。

利元悄悄地咬起牙關。

但我為什麼會因為那種男人感到受傷？

呆呆望著湯的利元已經沒有胃口了。

稍稍停歇的雪又開始下起來了，灰色天空飽含著滿滿的雪，不斷讓白色晶體落下。利元透過封住風吹進來的破裂窗戶時留下的一個小洞觀察外面，他看著依然沒有散去的厚厚雲層，轉過了頭，把柴火丟進剛好快要熄滅的暖爐裡，變小的火焰旋即熊熊燃燒起來，雖然很快就感受到了熱氣，但利元的表情並沒有變得明朗。

木頭容易燃燒也容易熄滅，柴火已所剩不多，再加上又下雪了，雪停了之後還要等馬路恢復通暢，在那之前他們只能被關在這裡。

利元冷靜地在腦中回想屋子裡的物資，如果好好分配倉庫裡的罐頭和儲備糧食，搞不好可以撐上一個禮拜，如果柴火用光了，把屋子裡的家具砍斷放進去燒就好了。

利元的嘴角突然勾起冷笑，在這種狀況下自己依然能如此理性，即使心裡這麼難受。

利元凝視著燃燒的柴火，他想，凱撒說的沒錯，沒有什麼不同的，他們之間的關係也一樣，兩人只是各取所需，僅此而已，不需要解釋那麼多，結論很明確，他的心情卻很苦澀。

利元非常清楚，他對凱撒的感情跟以前相比很明顯得不同了。

回去之後，我還能像以前一樣若無其事地面對他嗎？

耳際突然傳來「喀噠」聲響，利元回頭確認聲音的方向，再次聽到聲音，他便走了過去。聲音立刻停住了，利元訝異地左右張望，好像是從裡面傳出來的。

廚房和浴室是空的，他小心地打開房門，看到凱撒坐在床上的背影。雖然是室內，但是竟然在能從嘴巴呼出白煙的臥室裡脫掉上衣，詫異的利元看到他旁邊放著的急救箱，立刻了解了情況。

凱撒熟練地從急救箱裡拿出藥來，幫傷口消毒之後纏上繃帶，所有的過程都是自己完成的，就像是從來沒有接受過別人的幫忙一樣。坐在床上、背對著利元的身體上到處都是大大小小的新舊傷，利元靜靜地看著他。

如同傷口的數量，他是不是也扼殺了自己的情感呢？

利元一言不發地凝視著凱撒強壯的背脊。

他都這樣一個人撐著。

利元默默地看著凱撒，走了過去，像是故意要讓他聽到似的發出腳步聲，凱撒停了下來，利元噤口不言地打開急救箱，拿出脫脂棉。

「我自己來就好。」

凱撒頭也不回地說，而利元不帶感情地開口。

「這點程度我也做得到。」

利元將消毒藥水倒在脫脂棉上，繼續說。

「因為我有在電影上看過。」

利元感覺到凱撒愣了一下，他現在可能露出了早上利元說他做了三明治的表情。利元沒有去確認他的表情，只是用脫脂棉擦拭著肩胛骨上的傷口。傷得很深的傷口在結痂前一定很刺痛，凱撒卻沒有做出任何反應。利元默默消毒著傷口說道。

「我以為自己已經很粗魯笨拙了，但跟你比起來簡直是小巫見大巫。」

利元感覺到凱撒聽自己靜靜地說完後笑了一下。

「我沒想到你會幫我，你其實是想殺了我吧？」

「不論對方是什麼樣的敗類，我都不會殺人。」

聽到「敗類」這樣的形容，凱撒沒什麼反應。利元不再說話了，在一陣微妙的沉默中，凱撒開口了。

「這種事情不在我的預期內。」

利元停頓了一下，沉默地把用完的脫脂棉丟進垃圾桶裡，他正想伸手拿起紗布，凱撒就突然抓住了他的手。利元停止了動作，凱撒便把嘴唇貼到利元的手臂上，他從厚厚一層毛衣感受到輕輕壓下來的嘴唇，皺了一下眉頭，很怕會被對方發現自己在動搖。他沒有說話，也沒有制止凱撒。

凱撒用牙齒咬著毛衣的袖子，慢慢拉起，將嘴唇放在手腕的脈搏上，感覺自己激烈跳動的脈搏聲音就要被聽到了。他勉強壓抑著呼吸，但凱撒依然把嘴唇貼在他的手腕上，呢喃道。

「……我害你陷入了危險。」

利元看著不知為何有點喪氣的頭頂，開口道。

「受傷的不是你嗎？」

聽到利元平淡的聲音，凱撒沒有回答。利元停頓了一下，跟平時一樣以不帶感情的語調繼續說道。

「你說得沒錯。」

他感覺凱撒聽到平靜的聲音時，似乎愣了一下，他接口道。

「各自取得想要的就結束了，我也對你有所求，所以你並沒有說錯。」

利元把被凱撒抓住的手臂抽出來，說道。

「反正這個案子結束之後，我們就不會再見面了。」

利元極為冷淡地定義了彼此的關係後，將手伸向急救箱，當他想拿起要蓋在消毒過的傷口上的紗布時，手突然就被凱撒抓住了，這意外的情況讓利元驚訝地俯視著凱撒，而對方正抬頭看著自己。

「你剛剛說了什麼？」

利元皺起眉頭。

「就像你聽到的……」

利元的話還沒說完，凱撒就粗暴地把利元拉了過來。毫無防備地站著的利元就這樣被拉過去，倒在了床上。

「你這是在幹嘛……」

「我說你。」

凱撒俯視著利元。

「如果再說這種話，我不會原諒你。」

利元感到無言地哼了一聲。

「你盡情地利用了我，還在說什麼啊？」

利元不耐煩地斥責了對方，想要推開他，卻反被抓住了手，凱撒就這樣把利元的手臂固定在床上，爬到了上方。

「你的自尊心很強呢。」

「自尊心？」

利元正想說這是什麼荒唐的話，而重複說了一遍。凱撒靜靜笑了一下，表情立刻變得認真，他放鬆壓住對方手腕的手，取而代之的，他溫柔地撫過利元的額頭，黑色的頭髮在指尖調皮地翻動，這時，凱撒開口了。

「雖然我就是被你這點吸引住了。」

低聲的呢喃傳來，緊接著，兩人的雙唇相接，溫柔觸碰的唇馬上狂野地交織起來，利元反射性倒抽了一口氣，卻沒有推開凱撒。顫抖的睫毛垂下來，他閉上了眼睛。

他意外的反應讓凱撒愣了一下，旋即粗暴地將舌頭伸入利元的唇間，占領了他的嘴巴。舌頭浸溼口腔後退了出來，凱撒輕咬著他的唇，而後再次吸吮。柔軟的舌頭重新進入張開的唇間，撞著他的舌尖，蹭著舌頭的突起，搔著他的口腔內壁。

就這麼進出好幾次，交融的唾液和舌頭讓精神變得恍惚。當凱撒的嘴唇離開，利元就立刻貼過去，主動伸出舌頭吸吮。凱撒的身體已經完全疊在他上方，呼吸相碰，變得越來越急促，他們知道彼此的下半身都已興奮地勃起了。

過了好一陣子，凱撒移開了嘴唇，伴隨著深沉的嘆息，他用充斥著渴望的眼神看著利元，利元也沒有阻止他。

凱撒突然如嘆氣般吐出一口感到惋惜的氣，利元皺起了眉頭，可是凱撒只是出神地望著那樣的他。

深淵般的黑色眼眸正看著自己，毫不動搖地凝視的眼神裡映照著自己的樣子。凱撒低下頭來，溼潤的氣息再次交會，從張開的嘴唇中，柔軟的舌頭相觸碰的瞬間，隨著低吟，凱撒在心裡想著。

連神都會嫉妒我。

呼吸相合在一起，顫抖的吐氣聲傳來，利元不知道那是自己，還是凱撒發出來的，只是當嘴唇相碰的瞬間，他很明確地意識到一件事。

原來自己有多麼渴望這個吻。

利元並沒有刻意壓抑自己急促的呼吸，反而置之不理，他撫摸凱撒脫光的上半身，急促的呼吸在彼此口中擴散。利元用全身感受著凱撒的重量，擁抱著他的背，結實的肌肉在手掌下微波蕩漾，喉嚨深處不自覺地發出嘆息。

利元歪了一下頭，凱撒立刻咬上他的脖子，感覺太過興奮了，甚至讓他頭皮發麻。

利元奪過、吸吮凱撒的唇，就這樣翻滾著翻到他上方，凱撒同時拉起了利元的毛衣，用暫時分開的嘴唇蹭著他剛露出的乳頭。

「啊……」

利元從喉嚨深處發出呻吟，再次伏下身體，讓彼此肌膚相碰。當乳頭滑動，蹭到彼此的乳尖，凱撒忍不住發出湧上來的嘆息。即使在中槍的傷口抹上消毒藥水，眼睛都不眨一下的男人，現在在利元身下發出粗重的喘息聲。利元低下頭來含住他的乳頭，用牙齒輕咬了一下，凱撒就咬住牙關，再次抱著他在床上翻了一圈。

身體瞬間失去平衡，隨著一陣巨響，兩人一起滾到地板上，不過抱著彼此的手臂都沒有鬆開，嘴唇熱烈地渴望著彼此。再次占據上方的利元磨蹭著凱撒的下半身，隔著舊牛仔褲，彼此的陽具相碰，凱撒情不自禁地發出呻吟。他把手伸向利元的腰，性急地打開釦子，利元也解開了凱撒的褲子並拉下來。

利元的手碰觸到露出的陽具時，凱撒發出尖叫般的粗喘，他停下手中的動作抬起頭來，在寒冷的空氣中，兩人溫熱的氣息交纏，用發燙的臉看著彼此。

利元短暫地遲疑了一下，雙眼露出明顯的猶豫，因此凱撒旋即把利元的頭拉了過來，強迫似的磨蹭他的嘴唇，吸吮舌頭，猶豫的利元立刻氣喘吁吁地把舌頭伸進他的嘴裡。凱撒比想像中更加興奮，利元很快感覺到舌頭發麻，他舔過凱撒的牙齒，用舌頭抬起他的舌頭，愛撫著厚實舌肌的下方。凱撒急促的呼吸瞬間停止，利元同時驚險地抽出差點被咬住的舌頭。

凱撒咬著牙，好不容易把利元的褲子脫下來，握住了他的屁股，大手緊抓住有彈性的臀瓣，堅挺的陽具與利元勃起的那東西貼在一起。利元似乎有些慌張地瞪大眼睛，凱撒的表情瞬間歪了，只不過是一剎那，但是凱撒猶豫了，然後那個猶豫壞了事。

匡！

他們突然聽到巨大的聲響，不間斷的喘息聲瞬間就停住了。兩人用泛紅的臉喘著氣，呆呆地看著彼此，不過那只是開始而已，粗暴的腳步聲以及陌生男人的高喊緊接著響起。

「凱撒，你在哪裡?!凱撒！」

凱撒的表情立刻變得扭曲，利元第一次從他嘴裡聽到髒話。利元慢了半拍才回過神來，趕緊站起來，凱撒也彎著腰站起來。利元急忙扣上褲頭，凱撒坐在床邊把內褲和褲子一起拉上來的瞬間，隨著大喊，臥房的門打開了。

「凱撒！」

利元驚訝地看著大聲吼叫著闖進來的男人，穿著厚重羽絨衣的他看起來就像個雪人。不只是頭，連肩膀、靴子都積著一層雪，嚴酷的北方寒風和大雪從他身後吹了進來。利元看著幾乎和凱撒差不多高的雪人，就這樣愣住了。他一脫掉和羽絨衣相連的帽子，就立刻衝向凱撒。

「天啊，原來你沒事！你知道我有多擔心你嗎？凱撒！你知道你的脈搏掉到多少了嗎？萬一你發生了什麼事，我還打算把所有人都殺光呢！」

男人吵吵鬧鬧地跑過來，想要一把抱住凱撒，但凱撒坐在床邊，抬起腳來制止了他，肚子被扎扎實實踢中的男人在地上打滾，凱撒用不耐煩的表情說話了。

「你很吵，安靜一點。」

凱撒再次低聲說了一些不明的話，雖然聽不太清楚，但利元猜想是髒話。被狠狠踢到肚子的男人立刻像不倒翁一樣站起來，不知疲倦地吵了起來。

「我們快走吧，我也把醫生帶過來了。到底發生了什麼事？大家都很慌張哎，你出血好像很嚴重，沒有休克吧？」

說話飛快的男人似乎對凱撒的事情瞭若指掌，凱撒先出了房間，對利元說道。

「你慢慢來。」

比誰都要了解利元狀態的凱撒，他的體貼讓狄米特里往後偷瞄了一眼。凱撒很快用大手遮住他的眼睛，直接把他帶了出去。門接著關上，好不容易留下了利元一人。

一走出去，刺骨的寒風吹來，凱撒看著被砸爛的門口，不禁皺起了眉頭，不用問也知道是誰幹的。

「沙皇，您的身體必須要保暖才行，天氣這麼冷……請趕快上直升機，治療會在裡面進行。」

醫生一看到裸著上半身的凱撒，馬上嚇得臉色發白，大呼小叫。凱撒回過頭來，狄米特里就說了句「別擔心」。

「你先去接受治療，我會把他帶過去的。」

狄米特里低聲補充了一句。

「你的血壓一度降到六十，我們是以備戰狀態過來的。」

正如他所說，親衛隊成員的神色全都十分僵硬，平時面無表情的他們幾乎不太會表露出情緒，現在就是那少數的例外。其中一個手下急忙把外套拿過來披在凱撒的肩膀上，凱撒沒說什麼，朝著直升機走過去。

「到底是怎麼回事？你知道我嚇了多大一跳嗎？」

狄米特里皺著眉，帶著凱撒去搭直升機，而凱撒依然面向前方走著。

「只是有個狙擊手，讓我受了一點傷而已。」

「你說狙擊手？」

狄米特里的眼睛散發出銳利的光芒。語尾消失在微妙之處後，凱撒開口了，原本面無表情的臉上散發著奇妙的殺氣，狄米特里瞬間被他的表情迷住了。他以散發寒氣的冷酷神情說道。

「如果他這麼喜歡羅莫諾索夫的處決方式，那我只能照樣回敬給他了。」

狄米特里聽著他自言自語般的話語，感到一陣顫慄，他瞇著眼睛微笑著回答。

「那當然了，沙皇。」

利元不情願地做完善後，從房間裡走出來。客廳不知不覺已經變得安靜空蕩。利元訝異地四處張望時，剛好碰到了剛進屋的雪人，他看到利元愣在原地，笑著打了個招呼。

「律師先生，我還是第一次親眼見到你呢。」

利元不禁皺起眉頭，這個男人認識我嗎？聽到他無禮的語氣，利元默默地看著他，雪人卻毫不介意地伸出一隻手來。

「我叫狄米特里，是凱撒的堂兄弟。」

利元微妙地看著和凱撒有點像、卻又完全不同的男人，簡單握過手後，狄米特里立刻把手收回來，繼續說道。

「凱撒目前正在接受治療，我帶你過去。」

利元拿起自己被丟在地上的外套，立刻跟在他後頭走出大門。雪已經沒有那麼大了，卻依然飄著雪，雪已經累積到膝蓋的高度，但這個程度已經算是還好的了。利元沿著前面的人的足跡走著，說出心中的疑問。

「話說你是怎麼知道這裡、怎麼過來的？聽說飛機和船班全都因為大雪停駛了。」

這時，狄米特里無聲地笑了。

「沙皇的身體內有定位裝置。」

這句意外的話讓利元眨了一下眼睛，狄米特里接著說。

「凱撒的身體裡有個電子晶片，萬一他受傷或陷入危險，警鈴就會響起。所以要是他的脈搏或體溫等生命跡象有什麼狀況，就會立刻進入緊急狀態，因為是用衛星定位的，即使他在海裡，我們也能找到他。」

利元說不出話來，他確實耳聞人體內能植入那種東西，但還是第一次親眼看到，他原本以為那只是不太現實的電子產品。狄米特里對著心情微妙、不再說話的利元說道。

「來，進去吧。」

利元抬起眼來，眼前有一架巨大的直升機，這種軍用直升機竟然可以用作私人用途，利元再次產生一種荒唐的感覺。他沉默地坐進直升機裡時，狄米特里看著他開口道。

「有件事我很好奇，你們兩個剛剛在幹嘛？」

利元瞬間愣住，回過頭來看他，狄米特里的表情毫無變化，他笑著說道。

「整個家裡都冷冰冰的，卻只有那裡熱氣騰騰，你們是在做什麼呢？凱撒的背上甚至還有抓痕，我聽說他只有被狙擊手射傷而已……」

笑著轉移話題的他讓利元皺起了眉頭。

「我沒有義務要回答你。」

利元靜靜地說完，轉過身去之時，狄米特里開口。

「我不知道你對凱撒來說是毒藥還是良藥。」

利元不禁停住腳步，狄米特里輕巧地走到他身後，在他耳邊呢喃。

「如果你成了阻礙，我隨時可以笑著殺了你。」

利元表情不悅地回過頭來，狄米特里便露出笑容。

「你好好記著了。」

他接著若無其事地快步走過利元身邊，利元轉過頭去，看到一堆人七嘴八舌。在傳出忙亂腳步聲的直升機中，利元獨自站著，其他人全都圍著凱撒。

看起來像是醫生的男人和身分不明的男人們，各自拿著利元第一次看到的機器圍在凱撒身邊，狄米特里大方地穿過他們，走到凱撒身邊跟他說話，凱撒專心聆聽狄米特里低聲說著的事情。

就在利元凝視著他們時，匆忙完成治療的醫生給出可以出發的信號。守在直升機外頭的組織成員迅速進來，這是為了凱撒存在的精銳部隊，以最精簡的裝備發揮最大功效的醫療團隊和對策小組，還有可以為了他捨命的組織成員。

利元再次感受到微妙的距離感，剛剛還在和自己接吻的男人，現在在難以觸及之處。

利元感到心情複雜，找到空位子坐了下來，聽到一陣巨大的聲響後，沉重的直升機飛了起來。利元在飛往本島的直升機裡感受到極度的疲憊，為後來做著打算。

一走下穿越暴風雪的直升機，凱撒就被醫療團隊包圍著進入家裡，利元一直沒有機會和凱撒交談。利元瞥了凱撒房間的窗戶一眼，看到窗邊忙碌地來回走動的身影，利元站在那裡好一陣子之後，轉過身去，接著朝實在久違的自家走去。

第16章

「天啊，這是誰啊！」

奶奶聽到咖啡店的門打開的聲音，轉過頭去，驚訝地開心大叫。利元溫柔地抱住高興的奶奶。

「這段時間還好嗎？」

「我當然好了，你看起來過得很辛苦，臉都瘦了一半。」

利元左耳進右耳出地聽奶奶邊咋著舌，邊罵他的委託人，接著說道。

「我剛好有點空閒回來一趟，尼可萊叔叔在上面嗎？」

奶奶立刻點頭回答。

「對，你快上去吧，他整天都在等你回來，你去聽他說說話，他可能會好受一點。」

聽到奶奶催促，他簡單打過招呼就走上樓梯，輕輕敲了敲門，不久後熟悉的臉龐就出現了。

「你回來啦！」

尼可萊開心得不得了，急忙邀請他進入屋內。家裡到處都可以看到小孩的痕跡，剛洗好的衣服味道和小嬰兒的奶香四散，隱約刺激著鼻尖。利元走到放置在客廳中央的小床旁，露出燦爛的微笑。

「你好啊，過得好嗎？」

利元伸出手指打招呼，寶寶就舉起小手緊握住利元的手指，尼可萊的太太在溫和微笑的利元身後向他搭話。

「利元先生，歡迎你來，聽說你最近因為工作都沒辦法回來呢，事情已經結束了嗎？」

她把茶杯放在小茶几上，滿心期盼地問道，她期待著利元可以全心投入他們的官司，利元卻愧疚地回答。

「沒有，還在進行中，不過我以後會上下班，有事情隨時都可以到我房間找我。」

有點失望的她立刻露出笑容。利元坐在椅子上喝著夫妻倆招待的茶，簡單說明了到目前為止的事情。現在他負責的案子和茲達諾夫議員有關，只要好好解決就能抓住關鍵的證據，聽完這些，夫妻倆的表情變得跟太陽一樣明亮。

「只要找到證人，判決就可以結束了，請再忍耐一下。」

聽到利元的鼓勵，夫妻握住彼此的手連連點頭，看到兩人充滿希望的表情，利元的心中卻有些不安，雖然用說的很簡單，但問題是要怎麼解決。這次必須從茲達諾夫周圍下手，利元隱瞞了搞不好會再次回到原點的事實。

利元出了尼可萊的家門，奶奶剛好走上樓梯。利元為了有關節炎的奶奶跑了過去，在問出「有什麼事」之前，她就先遞出了紙條。

「你不在的時間有人來找你，我現在才想起來。」

「這樣啊？」

對方說不定是委託人，利元心想著他暫時還無法承接新案子，打開了紙條，卻看到上面只簡單寫著姓名和電話，歪了一下頭。奶奶繼續說道。

「是一位滿有年紀的女性……她千叮萬囑，要你一定要連絡她後才離開，你別忘了要打給她看看。」

「我知道了。」

利元道了謝後，奶奶吃力地走下樓梯。利元看著紙條，朝著自己房間走去，這個名字和號碼都很陌生，他歪著頭走進房間，立刻拿出手機輸入號碼。

撥號音不斷響起，卻沒有人接起電話，利元耐著性子默默地等待，雖然等了好一陣子，最終還是轉入了語音信箱，利元掛了電話，再次歪了歪頭。

♪♩♬♩♬♪♪……

溫暖的陽光照耀在會客室內，兩個人隔著茶几對坐著，即使電話鈴聲不斷響起，女人也沒有接起電話。最終電話掛斷了，坐在對面的男人把茶杯放下後開口。

「妳相隔二十年來見我，要說的話就是這個？」

他平靜的聲音讓她皺起眉頭，滿是皺紋的臉上充滿了憂愁。

「我在說很重要的事情，米哈伊。」

她眯著眼睛補了一句。

「不，羅莫諾索夫先生。」

米哈伊不發一語地看著坐在對面的她，當初有著出色美貌的她，如今臉上滿是無法忽視的歲月痕跡。米哈伊開口道。

「妳是什麼時候知道我這件事的？娜塔莎。」

聽到他低沉的聲音，娜塔莎挺直腰桿回答。

「你忘了嗎？我可是記者，想要查出來不是什麼難事。」

米哈伊無聲地笑了，娜塔莎瞬間感到毛骨悚然，但她還是鼓起勇氣接口。

「我認為你離開秀妍的決定是正確的，雖然我那時很埋怨你。」

娜塔莎用僵硬的表情問道。

「你這次不能也發揮出那樣的決斷力嗎？」

米哈伊瞇起了眼睛，沉重的靜默流淌著，好一陣子之後，他開口了。

「妳現在的意思是要我再次離開嗎……？」

「為什麼不行？你已經離開過一次了。」

娜塔莎挑釁地抬起了下巴。

「那孩子現在過著和平的生活，事到如今你才想介入、打亂他的一切嗎？你當初為什麼要拋棄秀妍，你本人應該最清楚。」

娜塔莎用強硬的語氣補充了一句。

「就算你現身，對那個孩子而言也沒有任何幫助，這不是擺明的事實嗎？」

米哈伊再次陷入沉默，娜塔莎一臉緊張地看著他默默把茶杯拿到嘴邊。茶杯放回杯盤時，發出了小小的碰撞聲。米哈伊看著娜塔莎開口道。

「我明白妳的意思了。」

娜塔莎的表情瞬間變得明亮，可是他接下來的話卻不在她意料之中。

「不過他都找我找成那樣了，我應該去見他一面才對吧？」

「你說什麼？」

娜塔莎不敢置信地發出尖銳的叫聲，米哈伊苦笑著看她。

「謝謝妳擔心我，但我的事情我會自己看著辦。」

留下表情蒼白僵硬的娜塔莎，米哈伊搶先站起來露出了微笑。

「我有事情要忙，就不送了，那妳慢走。」

根本來不及阻攔，他已經離開了會客室，從門縫間能看到在外面等待的組織成員緊隨其後的樣子。娜塔莎想用顫抖的手喝紅茶，卻又放了下來，她氣得咬住嘴唇。

該死的傢伙，一點都沒變。

◎ ◎ ◎

♪♩♬♩♬♪♪……

一掛斷沒有回應的電話，利元的手機立刻響起。愣住的利元接起了電話，在他調整呼吸的時候，對方先開了口。

『我還以為你不是那種會逃跑的人。』

利元不禁皺起眉頭。

「我沒有逃跑，只是久違地回家一趟。」

他短短地補充了一句。

「反正現在感覺也做不了什麼。」

要不要問他身體怎麼樣了？

突然從腦海一閃而過的想法讓利元猶豫了一下，反正他一定會得到很好的照顧，他身邊有那麼多人。

即使如此，他也總是一個人，利元在已經知道這個事實的現在，實在無法假裝視而不見。在他猶豫的時候，凱撒先用含有笑意的聲音開口了。

『真可惜，竟然錯失了機會。』

利元慢了半拍才聽懂他是話中有話。這瞬間，他的臉變得通紅，應該要叫他不要胡扯的，卻錯過了時機。對著遲遲未開口的利元，凱撒搶先接口。

『所以，下次是什麼時候？』

比平時更慢更低的聲音，明顯地表露出他的意圖。利元故意冷淡地回答。

「我想要的時候。」

凱撒再次笑了，利元的背脊一直有發癢的感覺，就像是有人在他背後對著他說話。

『後天怎麼樣？』

他彷彿是邀請利元去約會般問道。我該說不行嗎？利元瞬間有種想測試凱撒的衝動，但他忍住了。

「好，反正事情越快解決越好。」

利元依然冷淡地回答後，立刻掛上電話，凱撒似乎說了什麼，但他沒有聽到，反正就算不聽，也知道他會說哪些話。

ⓒⓒⓒ

晴朗的天空有著少見的燦爛陽光，不久前還被困在下個不停的暴風雪裡的利元，對著都市溫暖晴朗的冬天心生感謝。前幾天跟奶奶借錢買的摩托車跟上一臺的性能差不多，但有著不一樣的設計。利元適當地調整速度，留意著不讓機車中途熄火，前去凱撒家裡上班。

「歡迎光臨。」

招呼自己的管家看起來還是有點陌生，利元回禮之後，跟隨他走向書房。書房依然是他離開前的樣子，突然有種既熟悉又生疏的微妙感覺，過去的事情就像一場夢一般。如果要重新熟悉自己看過的這些資料，可能要花上一段時間，利元這麼想著，叫住轉過身去的管家。

「凱……請問沙皇在家嗎？」

管家轉過身來，看著利元回答。

「不，他去上班了。」

利元感受到一股莫名的失望，管家才像是剛想起來般接著說道。

「他讓我轉告您說他會準時下班，請您耐心等待。」

管家以非常事務性的口吻交代完就轉身離開了。利元突然感受到心臟在怦怦直跳，慌忙地進入書房。

太好了，我可以跟他談談茲達諾夫議員的事情了。

利元想起在島上提到的新證人話題，坐了下來，他需要一些時間才能投入工作。利元不停確認著時間，認為這些焦急都是出自於必須找到新的證人。等他好不容易專注於工作，已經過去好幾個小時了。

突然聽到車子的聲音，原本全心投入資料的利元猛然抬起頭。被黑暗籠罩的窗外似乎閃著朦朧的車頭燈光。利元若無其事地再次把視線轉向文件，但剛剛占據視線的文字搖晃著黑成一團，根本無法讀取內容。

他不禁皺起眉頭，拿起其他文件時，有腳步聲從走廊傳來，利元不自覺地變得全身僵硬，緊張地假裝認真讀著文件，腳步聲越來越靠近了。

喀嚓。

門隨即打開了，利元不禁屏住了呼吸。他沉默著，假裝沒聽到似的低著頭，輕巧地走進來的男人開口道。

「你不是應該要下班了嗎？」

聽到無禮男人的聲音，利元愣住了，他好不容易鬆開皺著的眉頭，抬起頭來，眉頭很快又皺了起來。狄米特里一邊的肩膀掛著厚重的毛皮外套，俯視著他。利元第一次看到深紫色的西裝，他甚至不知道市面上還有那種顏色的西裝，有種新鮮的感受。如果是別人穿了，看起來搞不好會像個小丑，但是意外地很適合狄米特里。直盯著對方看的利元鬆開皺著的眉頭回答。

「我有話要跟凱撒說。」

利元發現自己不小心直呼了他的名字，但沒有特別更正稱呼。狄米特里聽到便笑了一下，爽快地彎下身子，蹲在利元面前。

「我也跟凱、撒、有話要說。」

狄米特里故意把他的名字一節一節地分開來念。

「而且是單獨會面。」

「原來如此。」

利元不在乎地轉移了視線，再次看向文件。他沒有這種閒工夫，必須快點結束官司，一想到工廠被封鎖了好幾天，生活因此陷入困境的尼可萊夫妻和孩子，利元就想要專注一點，但他卻很在意坐在一旁的男人。

「有件事我很好奇。」

狄米特里說話了。

「你的體力很好嗎？」

聽到他沒來由的提問，利元皺著眉頭，轉頭看向狄米特里。狄米特里臉上堆著笑意，繼續說道。

「你一天應付過幾個人？如果沒幾個人，那你應該應付不了凱撒。」

利元以「你在說些什麼啊」的表情眨眨眼睛，皺著眉看他，狄米特里瞇起了眼睛。

「明明長著像是會迷死好幾個男人的臉，卻是個律師。」

外面剛好傳來車子的引擎聲，這次凱撒好像真的回來了。狄米特里對著不發一語的利元逕自說完，站了起來。

「我真好奇你是否真的有那種能耐。」

狄米特里意氣風發地轉身離開。看著他的背影，利元無奈地短短嘆了口氣。走廊上接著傳來腳步聲，這次真的是凱撒。利元立刻站了起來，不自覺地整理了一下衣服，其他時候管他衣服皺不皺，現在不知為何卻在意得要命，甚至還順了一下後腦杓那邊，每次睡醒就會翹起來的頭髮。聽到輕快的敲門聲，利元轉過頭去，不久後門打開，凱撒的身影現身。

怦通……

利元的耳邊好像突然聽到了心臟跳動的聲音，凱撒露出微笑，面對默默注視自己的利元，走了進來。

「嗨。」

「……嗨。」

他看起來沒什麼變化，身體怎麼樣了呢？一直十分掛心的利元看到他的臉色和行動似乎都沒有問題，放下了心。凱撒一如往常地用冷靜的聲音說道。

「我回來得有點晚，還擔心你已經走掉了。」

利元面無表情地回答。

「我是有話要說才等你的，是關於你在島上說的茲達諾夫議員的事情。」

利元一副「你不要誤會了」似的補充道，凱撒苦笑了一下。

「我也想談那件事情……我們去會客室吧。」

凱撒先轉過身離開了書房。利元跨過文件走到走廊上時，因按捺不住緊張和尷尬，不禁嘆了一口氣。

◎ ◎ ◎

利元晚了一步才進入會客室，凱撒和狄米特里已經在裡面等著他了，他們剛好各自坐在茶几兩旁的雙人座沙發上看著利元。利元對於兩個男人凝視著自己的視線感到困惑，短暫地煩惱了一下。

要選討厭的對象，還是覺得不自在的對象？

他不太想坐在凱撒旁邊，因為感覺會很尷尬，而且也不想承受狄米特里懷疑的視線，最重要的是，他不想放任自己的心臟一直跳個不停。

不過他也不想要坐在狄米特里旁邊，雖然理由完全不同。

在凝視著自己的視線中，利元猶豫了一下，很快就拋開了多餘的思考。我為什麼要煩惱這種事情？隨便找地方坐不就好了？

利元立刻邁開腳步，習慣性地朝向了右邊，不經意地坐到了狄米特里旁邊。一直觀察著利元的凱撒把手伸向茶杯，悄悄垂下視線，隱藏了表情，狄米特里卻看得一清二楚。

當凱撒把茶杯放下來時，已經恢復了平時的表情，他開口道。

「關於茲達諾夫議員的事情。」

凱撒對狄米特里和利元說道。

「現在證人已經死了，只剩下那個議員而已，所以我想要行使一些權力。」

「你儘管說。」

狄米特里如神燈精靈般爽快地說。

「我需要屍體的照片。」

聽到凱撒直接了當地說出的話，利元皺起了眉頭，狄米特里卻毫不在意地點點頭。

「我已經拍下來了，想說有可能會派上用場。」

「那就沒問題了。」

凱撒不帶感情地繼續說道。

「我想讓議員自己退讓，只要好好實行應該就沒問題。」

利元皺起眉頭。

「他都撐到現在了，這有可能嗎？」

「怎麼？你沒自信啊？」

狄米特里反問。利元瞥了他一下，很快把注意力放回凱撒身上。

「你有讓議員認輸的證據嗎？」

「我沒有。」

凱撒瞇著眼睛，露出莫名的微笑，這讓利元皺起了眉頭，凱撒漫不經心地補了一句。

「但是他有很多。」

說完意義不明的話，凱撒把茶杯拿到嘴邊。凝視著凱撒的利元點點頭。

「知道了，我相信你，那我明天去茲達諾夫議員的辦公室就可以了嗎？」

「對。」

凱撒說道。

「一定要準時。」

「那當然了。」

利元拋下「你才是該好好表現吧」的懷疑視線後，站了起來。

「那我回去了。」

利元瞬間感覺到凱撒愣了一下，原本在心裡等待他是否會說什麼，但意外的，那之外他沒有其他反應。利元感到有點失望，再次簡短道別後離開了會客室。當小小的關門聲傳來，凱撒又拿起了茶杯，心不在焉地想要喝紅茶時，一直觀察著他的狄米特里酸了他一句。

「從剛才開始，杯子就已經是空的了喔。」

凱撒聽到後頓了一下，看向茶杯，就像他說的，杯子裡已經連一滴紅茶都不剩了。

凱撒若無其事地放下茶杯，但狄米特里沒有錯過他瞬間浮現的表情。

連日的好天氣讓茲達諾夫心情很好，即將到來的假期也準備得差不多了，他預定要去地中海盡情地晒日光浴，等回來的時候，所有事情應該都已經解決了。

麻煩的混帳律師。

他一想起利元，笑著的臉就反射性地變得凶狠。已經那樣教訓過他了，竟然還是死抓著判決不放，雖然不知道他跟賽格耶夫是什麼關係，但早晚一定要給他顏色瞧瞧，徹底踐踏他到再也不敢跟我作對……！

當他下定決心、握緊拳頭時，內線電話響起，祕書的聲音傳來。

「議員，有客人來訪，是一名律師。」

「律師？」

茲達諾夫對這個意外的時間點感到訝異而反問時，祕書用細小的聲音回答。

「他說他是尼可萊先生的辯護律師，想跟您談談關於官司的事情。」

好啊！

茲達諾夫的臉上露出會心的笑容，該來的終於來了，這個小毛頭要來投降了是吧？他像是等待已久似的回答。

「讓他進來，順便泡兩杯咖啡。」

茲達諾夫開心地掛上內線電話，用笑臉等待著訪客。不久後門打開了，期待的身影現身。

「哎呀哎呀，看看是誰來了？」

茲達諾夫用傲慢的聲音說出歡迎詞，利元鄭重地打完招呼後，開口道。

「很抱歉沒有事先跟您約好。」

「不，沒事，有急事那也沒辦法。」

茲達諾夫悄悄補了一句。

「只要不魯莽地闖進來就好。」

對於暗示上次事情的茲達諾夫，利元面無表情地回答。

「如果您肯撥出時間見我，我也不會闖進來的。」

這傢伙。

茲達諾夫的額角爆出青筋，他卻忍了下來。總之事情快要結束了，還是先忍著吧，等工廠和土地完全弄到手，我就要立刻踐踏這傢伙。茲達諾夫用小小的眼睛偷瞄著他，乾咳了一下後開口。

「好，我知道了，反正以後也不需要搞得你死我活的了，就到此為止。你有好好把文件帶過來嗎？我只要簽名就好了吧？」

茲達諾夫從西裝外套中取出鋼筆，利元回答「有的」之後，從帶來的信封裡拿出文件遞給他，茲達諾夫原本要以滿意的表情在文件上簽名，卻愣住了。他眨了好幾次眼睛，內容卻沒有改變，這跟他想像的內容完全相反。

「這是什麼?!」

茲達諾夫不自覺地大吼出聲，而利元正經地回答。

「這是關於您不當取得工廠和土地的移轉契約書，您只要承認事實並放棄打官司，日後也不會有不利於您的事情。」

「你說什麼！」

茲達諾夫憤怒地大吼。

「你這個小毛頭，你知道這裡是哪裡嗎，還敢耍嘴皮子！不利於我？移轉契約書?!你沒自信就乾脆地服輸，以我為對手竟然還敢耍大牌！要不要讓你立刻當不成律師啊，啊?!」

看到茲達諾夫氣得跳腳，利元依然冷靜地回答。

「不當取得利益的人是議員，偽造假文件、把別人好好的工廠和土地搶走，甚至還派人施暴，如果這件事也扯進官司裡，恐怕有損議員的名聲吧。」

「笑話！你這是在威脅我嗎？憑你這種毛頭小子？你完蛋了，我要立刻奪走你的律師資格！你知道嗎?!只要我打一通電話，我就可以神不知鬼不覺地幹掉你這種傢伙……！」

不同於期待的文件讓茲達諾夫氣得大吼大叫，爆出青筋。他越想越生氣，這個傢伙竟然三番兩次騎到我頭上，絕對不能原諒他，我要馬上讓他陳屍在臭水溝裡！壓抑不住怒火的茲達諾夫在利元眼前把文件撕成碎片。

就在這時，利元身後的門突然打開了，高大的男人走了進來。漲紅著臉怒吼的茲達諾夫用凶狠的表情轉過頭看，卻直接僵住。凱撒帶著穿黑西裝的男人們走到辦公室，看到出乎意料的人物來訪，茲達諾夫顯得很慌張。

「沙……沙皇，您怎麼來了？這麼突然，也沒有事先連絡。」

茲達諾夫立刻改變了態度，不停用手帕擦拭額頭上凝結的冷汗，卑躬屈膝地笑著。凱撒面無表情地開口。

「你已經全部聽說了吧？」

「什麼?!」

驚訝的茲達諾夫眨了一下眼睛，凱撒瞥了地板一眼，被撕碎的文件散在那裡，他的視線再次轉向議員。

「你要放棄官司，還是被活埋在工廠裡？」

「放、放棄？這是什麼意思?!」

茲達諾夫臉色慘白地接連喊道，凱撒用毫不在意的表情說道。

「我知道你和羅莫諾索夫聯手，在賽格耶夫和羅莫諾索夫之間權衡。」

茲達諾夫止住了呼吸，臉色鐵青到讓人懷疑他是不是發紺症發作。凱撒看著那樣的他，情緒依然不受影響地開口。

「貝爾達耶夫和你一起策劃了什麼，我都很清楚，包含買下借名人頭、藏匿財產的事情，還有在那之後他們都有什麼下場。」

「有、有什麼下場是什麼意思？」

那句話像是訊號一般，沉默地站在後方的男人拿出小小的信封遞給茲達諾夫。用蒼白的臉色收下信封的茲達諾夫遲疑地確認內容，他像是受到打擊般，很快地倒抽了一口氣，把信封弄掉了。從掉落在地上的信封中，被綁在椅子上的屍體照片露出了一半。凱撒對面如死灰、不斷顫抖的茲達諾夫開口。

「羅莫諾索夫那邊正在一一殺掉相關人士，這個男人是最後一個借名人頭。貝爾達耶夫死了，借名的人也死了……」

凱撒瞄著照片的視線轉向了茲達諾夫。

「你覺得下一個會是誰呢？」

那瞬間，茲達諾夫發出近乎尖叫的哭聲跪倒在地。

「不、不可以，不要！請、請饒了我一命！我錯了，我真的錯了！請原諒我，饒了我……」

茲達諾夫著急地想抱住凱撒的大腿，組織成員立刻從後方走出來阻止了他。茲達諾夫連凱撒的皮鞋都沒碰到，顫抖哭泣著，利元看到他那個樣子，隱約了解了凱撒前一天說的意思。

茲達諾夫的膽子實在很小。

明明那麼膽小，怎麼還會犯下那些違法行為呢？

利元在心中咋舌，凱撒俯視著啜泣的茲達諾夫說道。

「那你就簽名。」

茲達諾夫滿臉通紅地抬起頭來，凱撒繼續說道。

「只要在說明你和貝爾達耶夫侵占的所有不動產，全都是靠非法方式取得的自白書上簽名，我就會保障你的生命安全。」

凱撒瞇起了眼睛。

「也會保證你不遭受羅莫諾索夫的威脅。」

「我、我簽，我簽，不管是什麼我都簽！」

對於磕頭大喊的茲達諾夫，另一位組織成員走出來拿出新的文件，他急忙掏出鋼筆簽名，文件立刻沾上了他的眼淚和汗水。他顫抖著簽完名，組織成員很快搶走了文件，茲達諾夫顫抖著抬頭看他，不過這還沒有結束，組織成員又遞出了另一份文件。

「這、這是什麼……？」

凱撒回答了啜泣詢問的茲達諾夫。

「是現在正在進行判決的工廠和土地的相關文件，就是你剛剛撕掉的那個。」

凱撒俯視著驚慌地瞪大眼睛的茲達諾夫，繼續說道。

「那個工廠和土地從今天開始就是別人的了，所以你放手吧！」

凱撒的嘴角勾起冷笑。

「還是你想要跟我抗議？」

「不、不是的，沒有這回事，我、我這就簽名！對，馬上簽名！」

茲達諾夫急忙趴在地上，在文件上簽了名，顫抖的手有千百個不願意，卻無法忤逆凱撒。他寫完最後一筆之後，組織成員立刻把文件拿走了。凱撒親眼確認過組織成員手上的文件，點了一下頭，手下旋即把那些文件放進信封，退下了。凱撒這時才轉頭看向坐在沙發上的利元，開口道。

「那我們走吧，律師先生。」

那瞬間，茲達諾夫嚇得瞪大了眼睛，他以詫異的眼神看著利元站起來，走到凱撒旁邊。凱撒說道。

「對了，還沒向你介紹，這位是我新聘的律師。」

茲達諾夫的表情變得僵硬，腦海中浮現出各種想法，露出複雜的表情，很快就氣憤地漲紅了臉。

「果然如此！你一直在騙我！就是因為這樣，我才會和羅莫諾索夫聯手！你根本就偏袒那個傢伙……！」

對於立刻改變態度、氣得跳腳的茲達諾夫，凱撒露出淺淺的微笑說道。

「你知道就好，以後要記得不要對他不禮貌。」

凱撒將氣得啞口無言的茲達諾夫拋在身後，轉過身去。茲達諾夫無力地癱坐在地上，利元用眼神對臉色蒼白、顫抖著的他簡單道別後，隨著凱撒離開了，穿著黑色西裝的男人隨後魚貫而出。不久後，伴隨著虛無的寂靜，辦公室裡就只剩下茲達諾夫一人了。

「給你。」

離開大樓之後，凱撒站在巷子裡，把手下交給他的信封直接遞給了利元。凱撒看著他屏息著接下信封，急忙查看內容的樣子，露出了微笑。

「還滿意嗎？」

那一瞬間，利元閉上眼睛，緊緊抱住信封，他無法克制高興的心情，凱撒微笑著注視感動地幾乎快要尖叫的利元。

「謝謝你！」

一股湧上來的激動情緒讓利元大喊道，然而不僅如此，隱藏不住喜悅的利元突然張開雙手緊抱住凱撒，這意外之舉讓凱撒瞪大了眼睛。

「辛苦了，真的辛苦了！」

利元抱著他，開心到不知所措地重覆著同樣的話，讓凱撒呆呆地眨了眨眼睛。而且這還沒結束，利元還抓住凱撒的臉，在他的臉頰上親了一下。不只是凱撒，身旁所有注視著他們的人都如被冰凍般僵住了。利元終於把雙手放開，露出燦爛的笑容看著凱撒，還用單手拍了拍他的肩膀。

凱撒第一次看到利元這麼開心的樣子，他出神地看著大笑出聲的利元，臉上漸漸泛起微笑。

「你開心就好，我今天預約了餐廳……」

「啊，抱歉，今天不行。」

利元非常爽快地拒絕了。他對著瞬間僵住的凱撒大力揮手，用開朗的表情說道。

「我得把這個好消息告訴所有人才行，我再打給你，再見！」

努力揮動著手的利元旋即放下手來，轉過身去，慌張的凱撒反射性地抓住了他的手臂，不過很遺憾的，利元輕鬆甩開了他的手，光速跑走了。眨眼之間立刻跑遠的利元轉過頭來，再次大聲道別，凱撒呆呆地看著他急忙跑走的背影，一隻手依然留在前方，一股蕭瑟的風吹過他面前。過了好一陣子，他才心想。

我這是被甩了嗎？

開車的組織成員用後照鏡偷瞄沙皇的臉。自從上車之後，不，從那之前開始，沙皇的心情看起來就不太好。組織成員看他一臉不滿地抽著雪茄，膽戰心驚地小心開車。安靜奔馳著的車子裡，籠罩著比行駛的聲音更沉重的寂靜。

回到宅邸後，情況變得更糟了。凱撒一下車就看到管家一臉尷尬地迎接他，而且他很快就明白了其理由。

「凱撒，我等你好久了。」

狄米特里一臉開朗地歡迎他回來，凱撒的反應卻非常冷淡。看到他無言地從旁邊經過，狄米特里愣了一下，還是立刻跟了過去。

「你最近都沒去俱樂部，大家都在等你喔，一直吵著說很想見你。怎麼樣？今天要不要久違地去一下？我還進了一批很貴的威士忌喔。」

凱撒沒有回答，只是朝著自己房間走去。該死，這個家怎麼這麼大！凱撒第一次對房子的大小感到不耐煩。狄米特里不知道凱撒此時的感受，自顧自的繼續說道。

「對了，我們有新進了一批你應該會滿意的小姐，我為了你特地沒讓她們接客。凱撒，你有在聽嗎？凱撒！」

狄米特里搖晃著凱撒的手臂說道。

「走啦～我今天會讓你玩個夠的，管他是二十還是三十人，你想要幾個人都可以。你不是已經很久沒做了嗎？應該累積了不少，差不多該發洩一下了吧？你應該沒去別家店吧？趕緊去準備吧。走啦！我也會準備很多最高級的酒……」

一直喋喋不休的狄米特里瞬間停住了，因為凱撒用十分可怕的眼神瞪著他。慌張的狄米特里不禁把抓著他的手放開，凱撒什麼話都沒說，直接進了房間，在他面前把門關上。被獨自留在走廊上的狄米特里看著關上的門，很快就皺起了眉頭。

「不行啊。」

轉身走開的他沒走幾步，再次回頭看向關上的門。

凱撒，你這樣可不行啊。

狄米特里一臉不悅地站在原地好一陣子。

終於獨處的凱撒粗暴地扯下領帶，丟到床上，粗魯的舉動拉扯到還沒癒合的傷口，讓傷口裂開了。凱撒發現這件事後覺得更煩了，他的心情已經好久沒有這麼糟過了，搞不好是打從出生以來第一次這麼糟。凱撒皺著眉頭，神經質地撩起了頭髮。

我不應該管工廠的事的。

好不容易預約到的知名餐廳私人包廂泡湯了，本來要等上三個月的，那可是威脅了餐廳經理才預約到的。

凱撒越想越火大，用粗暴的腳步走向了浴室。同一時間，利元把酒瓶當成麥克風，和公寓的人們一起開心地唱著歌，喝得爛醉。

ⓖⓖⓖ

無聲時鐘的秒針平穩地轉動著，管家看了一眼指向早上十點的時鐘，小心翼翼地走過去，在空杯子裡倒入新的一杯熱紅茶。他退下時，用不安的表情偷瞄了主人的臉。凱撒根本不在意管家那種態度，只是用可怕的表情盯著紅茶飄散出來的熱氣。

平常這時候他應該已經去上班了，今天卻不同，離出門的時間已經過了一小時，但他還是不想站起來。他用不耐煩的表情不斷看向時鐘，一動也不動。看到自家首領這個樣子，不只是管家，連組織成員們也都顯露著不安。凱撒沉默著把手伸向茶杯，已經被他喝乾了好幾杯的紅茶再次進入他的口中。他把茶杯放下來後，開口道。

「律師呢？」

在令人窒息的沉默之中，管家慌張地回答。

「他還是……沒有接電話。」

凱撒緊皺眉頭。接著又過了三十分鐘，當凱撒喝完最後一口紅茶時，他突然從位置上站起來，管家立刻緊張地挺直腰桿，組織成員也低下頭來。他立刻拿走管家手上的西裝外套，邊走邊說道。

「他不來的話，就只能由我去接他了。」

眼前的景象簡直就是奇觀，凱撒看著亂成一團的屋內，啞口無言地愣在那裡。他打開半開的門走進去，一陣可怕的酒味立刻撲鼻而來。不知道他到底喝了多少，整個屋內都充斥著廉價酒精的味道。凱撒露出厭惡的表情，用手帕摀住鼻子走進去。

利元工作的時候書房也很亂，但沒有現在這麼糟糕。根本連讓腳踏出去的地方都沒有，凱撒只好用腳尖把文件推開，走了進去。他接著走到目標人物面前，這時凱撒無言地甚至忘了呼吸。

利元癱倒在床上睡著覺，平時九點就會準時出現在凱撒面前的他，現在已經要十二點了，卻沒有要起床的意思。頭髮亂得像喜鵲的巢一樣，他可能是想要脫掉褲子，卻只脫下一半，不知為何，手上還拿著空酒瓶。

不過最糟糕的是酒味，利元全身散發出的酒精味道充斥著整個房間。

看來他是死命地喝了。

凱撒心想。看他這個樣子，不用想都知道利元接下來會有什麼後果。凱撒默默地俯視著他，把用來摀住鼻子的手帕隨便塞進西裝口袋裡，伸出了一隻手。他用沒有受傷的手臂捲住利元的腰，很快就把他扛到了肩上，然後邁開大步，快速離開了這充斥著酒味的地獄。利元就那麼像沙袋一樣被扛著，卻依然小小聲地打著呼，根本沒有醒來。

✿ ✿ ✿

臉頰傳來柔軟的觸感，自己似乎曾體驗過這種感覺，但這確實不是我的床。利元沒有張開眼睛，用臉磨蹭著，露出滿足的微笑。隨著慢慢恢復的意識，頭的一側也開始隱隱作痛。

利元皺著眉頭，再次把臉埋入柔軟的床單裡，他還想再睡一會，頭卻痛得讓他睡不著覺。最終利元戰勝不了頭痛，睜開了眼睛。還沒完全清醒的視野裡，初次見到的房間映入眼簾，單色厚重的窗簾、簡約的家具、乾淨簡潔的床鋪設計，全都讓他感到陌生。

這裡是哪裡？

利元呆呆地眨了眨眼睛，昨天真的喝太多了，他是不是喝到斷片，走進了某個不得了的屋子裡啊？當他想到這裡，利元發現了抱著手臂，用可怕的表情俯視著自己的凱撒。

他把臉埋進床單裡，靜靜地看向他，凱撒卻只是一動也不動地瞪著他。利元慢慢閉上眼睛，悄悄把頭轉到另一邊時，凱撒在他上方凝視著他，散發著驚人的氣勢。最終利元敵不過壓迫感，發出痛苦的呻吟抗議道。

「我知道了啦！從明天開始會努力工作，今天就放過我吧！我的頭痛到快裂開了！」

看到他緊抱著頭呻吟著，凱撒「嘖」了一聲。

「因為你都喝廉價的酒才會這樣，你到底喝了多少？」

利元哼哼唧唧地回答。

「昂貴的酒或廉價的酒，喝進肚子裡不都一樣。」

跟三明治是一樣的道理嗎？

凱撒的腦中浮現出不久前的記憶，一臉不滿地看著利元。他抱著頭髮翹得亂七八糟的頭，發出痛苦的呻吟。凱撒拿他沒轍，只好把管家叫來。過了不久，管家拿著止痛藥和水進來了。

「吃藥吧。」

聽到凱撒的話，利元好不容易坐起來，把藥一口塞進嘴裡。凱撒看著他把藥丸咬碎，又「嘖」了一聲。

「你要配著水吃啊。」

那時利元才像想起來了似的，一口氣把整杯水喝掉，然後用手背隨便擦了擦嘴角，再次躺了下來。他像繭一樣蜷起身子，想要睡覺時，凱撒開口了。

「你又要睡？」

「今天就算殺了我，我也無法工作。」

不知道他前一天做了什麼，連聲音都啞了，確實是無法工作的狀態。低頭凝視利元的凱撒坐到床緣，利元的黑髮從包裹著身體的被子上方冒了出來，凱撒默默地看著他，安靜地伸出手來。

柔軟的頭髮就像狗毛一樣輕輕在手指上交纏，凱撒慢慢撫摸他全身都被被子包裹住、唯一露在外面的頭髮，被子裡突然傳來一聲安穩的呼息，呼吸聲接著變得平穩且規律。

凱撒靜靜地望著他，把頭靠到裹成像繭一般的利元身上，就這樣維持好一陣子後，凱撒呢喃道。

「你不起來，我就要撲上去了。」

利元只用安靜的呼吸聲回應他小聲的詢問，凱撒出神地看著利元，露出苦笑。他敲了一下利元的頭，利元便皺起眉頭咬著牙。凱撒看到他那個樣子摀住嘴巴，彎下腰微微顫抖著。利元完全沒有察覺，再次用平穩的呼吸進入夢鄉。

ⓖ ⓖ ⓖ

喝貴的酒真的比較不會頭痛嗎？

利元一臉嚴肅地皺起眉頭，好不容易睜開眼睛，慢慢把頭伸到被子外面後，嚇了一跳。眼前竟然有閃閃發光的淺金色頭髮，他呆呆地回想到底是發生了什麼事，而凱撒依然躺在利元的身旁睡覺。

利元慢了半拍才想起睡著前的短暫記憶，這裡是凱撒的家嗎？利元不自覺地看了一下周圍。房內的樣子和其他房間差很多，明明是到處放著許多古典家具的家裡，沒想到還有這麼現代簡約的房間。利元除了陌生，還有感覺到一股舒適感。

這麼一說，利元聽過像這種很大的宅邸都會把每個房間設計成不同風格，隨著當時的心情，可以選擇在不同房間睡覺。他聽說這件事時，對之嗤之以鼻，但以目前的狀況來說，確實可以理解。

房內單純簡約的風格似乎稍稍撫慰了利元的頭痛，他躺著調整呼吸，緩和殘留些許的頭痛，應該要事先預想到宿醉會這麼嚴重的。不，他其實有想到，不過他無法不喝醉，因為昨天是值得紀念的日子。

看到尼可萊和他太太感動地哭個不停，公寓內的所有人也不斷乾杯。利元喝下了和他們的淚水一樣多的酒，然後現在就得到這個下場。

唉！人生為什麼總是不能擁有快樂的結局呢？喝酒的時候明明那麼開心。

利元一邊想，一邊按壓著隱隱作痛的頭，這時凱撒依然熟睡著。利元依然躺著，靜靜地看著他的臉，突然想起島上的事情。他會像那時候一樣醒過來嗎？醒來前會先皺眉嗎？如果靠過去親他，他會突然睜開眼睛嗎？

答案是第三個。利元看到突然睜開的銀灰色瞳孔，猛地僵住了。兩個人維持著同樣的姿勢對看了一陣子，空氣中飄浮著尷尬的沉默。利元拚命想說些什麼，最終卻什麼都說不出口，而凱撒也一樣。

利元的臉漸漸熱了起來，他無法承受直盯著自己看的視線，慌忙轉過頭。

「呃，那個，對不起突然曠職，我昨天喝太多了。」

「說的也是呢。」

利元坐起來後，凱撒也撐起身子。利元背對著他坐著，順了順往四面八方翹起的頭髮。

「明天我會立刻開始工作……」

「沒關係，比起那個，你的頭痛好一點了嗎？」

聽到凱撒詢問，利元點點頭，這時他才回過頭看，不知不覺間，凱撒已經坐起身來俯視著自己了。看著搞不清楚狀況的利元，凱撒露出淺淺的微笑。

啊。

利元突然覺得凱撒搞不好會吻向自己，這時凱撒剛好低聲說道。

「如果我現在吻你，你會打我嗎？」

利元半瞇著眼睛看著他，銀灰色的瞳孔靜靜地凝視著自己。

「如果我說我會打你，你就不會親了嗎？」

聽到他低聲的回答，凱撒無聲地笑了，他沒有回答，直接把嘴唇靠了過來。利元理所當然地閉上眼睛，他後來才發現，自己打從一開始就根本不想打他。

凱撒順勢漸漸放下身體的重量，利元不自覺地往後退，身體很快就碰到床單，接著就躺到了舒適的床墊上。凱撒不斷地吸吮他的嘴唇，舔拭舌頭，趁著嘴唇暫時離開的空隙說道。

「比起我居然選擇了酒，真讓我失望。」

這句話聽起來比任何時候都要來得真心，總覺得必須向他道歉。我做了這麼不好的事情嗎？雖然現在才感到訝異，但他無法再繼續思考下去了，因為凱撒把他的T恤拉了上去，咬住了他的乳頭。

「……?!」

利元嚇得身體瞬間彈了起來，這時凱撒含著他小巧的乳頭，無聲地笑了。吸吮的聲音過於清晰，讓利元全身起了雞皮疙瘩。很快的，凱撒把利元的褲子和內褲一起拉了下去，下半身突然變得涼颼颼的，但他根本來不及感到慌張，凱撒的身體立刻疊了上來。

……！

從下半身感受到的觸感，讓他整個人清醒了過來，感覺明顯到讓人無法否認，那是凱撒勃起的性器。

利元不敢親眼確認，只是光憑感覺到的重量和形狀，都能得知他的尺寸大到讓人背脊發麻。無數的想法瞬間在腦海裡浮現，反而讓他的腦袋變得一片空白。

「怎麼了？」

突然感覺到不對勁的凱撒問道，利元慌張地眨了眨眼睛。

「那、那個……所以，你要把那根、放進來嗎？」

「嗯，怎麼了？」

聽到如此乾脆的回答，利元說不出話來。凱撒一邊笑著，惡作劇似的吻了利元的唇。

「你害怕嗎？」

低聲呢喃的聲音就像是在嘲笑利元，利元本來想說「為什麼非得是你放進來」，但他也並不想把自己的放進去。他還想說「做到插進去的程度好像有點那個」「先做到愛撫階段怎麼樣？」，但他根本說不出口，現在不論說什麼都像是藉口。

我有什麼好怕的！

利元這麼想完，瞪向凱撒。凱撒看著他的視線，瞇著眼發出低聲的嘆息。

「你都不知道我忍耐了多久。」

嘴唇再次交疊下來時已不再溫柔，他慢慢咬著利元的嘴唇，捲住對方的舌頭，牙齒相碰。凱撒就像是要把他吃掉般撲了過來，意外的是，利元也勃起了，他第一次知道自己對粗魯的性愛會如此感到興奮，不自覺地把手伸下去握住自己的性器時，凱撒立刻把他的手拿開了。

「……！」

利元的手被凱撒牽引，接著握住他的性器，粗大的陰莖硬挺地立著，只用一手根本無法完全握住。對著瞬間嚇得臉色發白的利元，凱撒咬著他的耳垂，用粗獷的聲音說道。

「摸我。」

不知不覺變得急促的呼吸聲在耳邊沸騰，利元不禁吞了口口水，猶豫著小心翼翼地動著手，讓凱撒皺著眉頭發出呻吟。聽到他的聲音，利元變得有點自信了，他只是單純地把手上下動著，凱撒卻有很明顯的反應。

「啊！」

下身突然被抓住，利元不禁叫了一聲，他抬起視線和凱撒四眼相望，兩人執拗地看著彼此，繼續手上的動作，兩人在下方幫對方愛撫滑動的手互相碰觸到，這是很明顯的自慰行為，但也是一種性愛，只因為用的不是自己的手，身體內側就熱得快要發瘋了。

「呼……！」

利元的手稍微用了點力，目光掃過凱撒的性器，發現凱撒正從喉嚨深處發出呻吟。他的手突然變快了，看著快速移動的手，利元變得很恍惚，就像是在自慰般不斷地磨蹭和撫摸，但摸著自己的卻是凱撒的手。

「……啊。」

利元不禁皺起眉頭，某種溫熱的液體噴到了臉上，他後來才發現那是凱撒的精液。嘴裡感受到微苦的鹹味，他才發覺一部分精液噴進了自己不自覺張開的嘴巴裡。

凱撒抓住利元停下的手催促著他，讓利元繼續急促地擼著他的性器。利元已經射完了精，凱撒卻依然在射，最終結束射精後，利元的全身都沾滿了自己和凱撒的精液，雖然大部分是凱撒的。

不過令人驚訝的是即使那樣，凱撒的陽具依然是勃起的。射精後沉浸在倦怠快感中的利元看著依然高聳的巨大陰莖，嚇了一跳。凱撒看到利元瞪大眼睛僵住的樣子，往下看了一眼，接著若無其實地說道。

「要不要吃點東西？」

凱撒理所當然似的說著尋常的事情，害得利元不知道該說什麼。他露出「那個該怎麼辦」的眼神，凱撒無所謂地說道。

「沒事，這個我會看著辦。你餓不餓？」

他說完，露出溫柔的微笑，而利元只是呆呆地抬頭看他。

晚餐簡直是人間美味，利元滿足地吃了一堆平時幾乎吃不到的食物。他吃下三人份的、很厚的法國菲力牛排之後才感到滿足，而凱撒用不知是讚嘆還是驚訝的表情看著他。管家捧著葡萄酒走了過來，但利元拒絕了，聽到他跟管家要了氣泡水，凱撒稍微嘲弄了他。

「你昨天似乎把一輩子的分量都喝光了。」

利元稍微否定道。

「不是一輩子，只有一個禮拜的量而已。」

看到利元露出有機會就會貪杯的笑容，凱撒驚訝了一下，隨即溫柔地笑了。

「沒想到我的律師是個酒鬼呢，改天一起喝一杯吧。」

凱撒的笑容微妙地改變了。

「喝到醉為止。」

利元沒多想就回答了。

「好啊，要喝多少我都奉陪。」

聽到利元欣然允諾，凱撒瞇起了眼睛。

「……我有時會死命地狂飲。」

「喔，我也很常那樣。」

利元這次也爽快地回答道，凱撒直盯著他那張臉看，很快露出了苦笑。

「還是算了，你要是跟我一起喝，是真的會喝到掛。」

利元氣得正式宣告。

「你在小看我嗎？我不知道你的酒量有多好，但我也不差，搞不好是你會先喝醉。」

凱撒瞇起了眼睛。

「是嗎？這樣啊。」

「那當然。」

凱撒靜靜地看著利元很有自信地說完，一口乾掉氣泡水，突然有種想要咬住他突出喉結的衝動，但他壓抑住了。利元根本沒注意到凱撒動搖的情緒，繼續說道。

「太陽都下山了。」

透過前窗照進來的夕陽將餐廳渲染成一片紅色，凱撒看著如同自己的熱烈渴望般燃燒的夕陽，呢喃道。

「是啊。」

然後他就沒說話了，和平的沉默靜靜地圍繞在他們身邊。

「那麼祝你有個好夢。」

出乎意料的，凱撒在房門口簡單地道別，一直在意著早上的事的利元以半信半疑的心情回頭看向他，而凱撒苦笑著說道。

「今天不行，酒不夠。」

「……？你剛剛是說要在今天喝嗎？」

利元困惑地抬頭看著凱撒，他沉默地朝著利元的臉頰伸出手，但指尖剛擦過臉頰就離開了。

「我沒有酒就不會做愛。」

這時利元才明白他指的是什麼意思，不過很快就有了疑問。

「你不喝就硬不起來嗎？」

利元心想他早上明明還很有精神，突然就聽到凱撒像是真心感到好笑般忍不住放聲大笑。

「早知道會這樣，我就應該在整個倉庫裡放滿酒的。」

聽到他依然笑著說道，利元完全聽不懂，不過凱撒沒有再解釋，轉移了話題。

「你一定累了，好好休息，明天就待在家裡吧。」

他一說完，就轉身朝著自己的房間走去，利元訝異地看著他，聳聳肩膀進入了房間。

666

利元伸了個很大的懶腰，從座位上站起來。睡了一整天之後，到了隔天終於不再頭痛了。天氣看起來非常好，利元看著一望無際的廣大庭院，撫摸著下巴，昨天因為發生一些事情根本沒空去想，他竟然綁架了正在睡覺的人，他果然是個黑手黨。

暫時陷入沉思的利元剛好看到離開庭院的熟悉轎車，那是凱撒的車，他突然想起昨天凱撒說過的話。

——你一定累了，好好休息，明天就待在家裡吧。

如果要休息，其實也不一定要待在家裡。

利元這麼想到，腦海中立刻浮現出一個好點子。

下定決心後從不會猶豫的他立刻拿起外套走到外面，管家剛好從走廊上走過來，看到他後鄭重地搭話道。

「請問您要去哪裡呢？」

「我稍微去散個步。」

利元簡單地說完就急忙走下樓梯，而管家面無表情地看著他。利元快步離開宅邸，走到庭院裡，雖然已經有點喘，心情卻很舒暢。

我自由了！

利元高舉雙手，像是孩子般朝著積了雪的馬路跑去。

「這像話嗎?!」

此時，凱撒漠然地看著幹部們大吼大叫地抱怨，賽格耶夫的幹部會議每次都是如此，有幾個人在吼叫，而其他人只是旁觀，除了暗暗仔細觀察著幹部們的凱撒，今天也沒有什麼不同。杜切夫急促地喘著氣拍打著桌子。

「竟敢攻擊組織的接班人，這擺明就是挑釁！我們可不能就這樣什麼都不做，要給他們一點顏色瞧瞧！我們要對羅莫諾索夫宣戰！」

有人為他激烈的呼喊附議，但也有一群人沒什麼反應。杜切夫沒有得到預期的回應，感到一陣驚慌，他本來以為沙皇被攻擊了，大家一定會激動地有所行動。

他如果能直接死掉就更好了。

杜切夫偷瞄了受傷部位只有一處、還不是致命之處，只有肩膀受到槍傷的凱撒，為他傷得這麼輕感到惋惜。他好不容易把視線轉移回來，再次環顧著會議室。幹部們依然用模糊的態度守著自己的位置，反響比想像中還要弱。杜切夫露出焦急的神情，大發雷霆。

「身為幹部竟然還這麼沒有尊嚴，這樣成員還能相信誰？怎麼去依靠組織？太讓人著急了！」

「杜切夫，我了解你的意思，但現在時代不同了。」

看不下去的其中一個幹部開口了。

「現在不是動刀動槍的時代了，政府的態度也跟以前不同……」

旁邊的另一個幹部也附和。

「組織也到了該有所改變的時候。」

另一邊再次傳來同意的聲音。

「杜切夫，我們了解你的想法了，所以先坐下吧，我們冷靜下來討論。」

杜切夫一臉不滿地看著幹部你一言我一語，露出「你打算怎麼做」的表情看向凱撒，同時，所有幹部的目光也都朝向了他。坐在會議長桌主席位上的凱撒開口了。

「我了解杜切夫擔心我的心情，但這是我私人的事情，跟組織無關。」

「你說什麼！」

杜切夫急不可待地大喊道。

「接班人的安危攸關組織的安危！羅莫諾索夫都盯上我們組織的接班人了，還要我們忍耐嗎?!沙皇，你都沒有自尊心嗎？為什麼我們賽格耶夫非得忍耐不可！」

他的最後一句話是喊給其他幹部聽的，雖然有些幹部依然沒有反應，但有的也受到了影響。杜切夫自信滿滿地看著他們竊竊私語的樣子。好啊！現在看你要怎麼辦。

杜切夫再次把頭轉向凱撒，這時用單手撐著下巴的凱撒開口了。

「並沒有羅莫諾索夫動手的證據，我們不能輕舉妄動。」

聽到凱撒的結論，四處傳來了嘆息聲。不同於期待的回答讓某些幹部的態度受到了動搖，凱撒全都看在眼裡，他依然用冷靜的聲音說道。

「我不允許有人擅自行動，引發紛爭，大家必須了解到組織的安危比尊嚴更重要。」

「沒有尊嚴的組織還算組織嗎?!」

杜切夫伺機說出這句話。

「而且沙皇你最近真的很可疑，你忘了純俄羅斯人的驕傲了嗎？不只不回應對方的挑釁，甚至還讓外國人進到家裡工作！」

聽到杜切夫的爆料，幹部之間頓時傳來一陣騷動，杜切夫露出得逞的微笑，更加嚴厲地批判凱撒。

「我聽說他是個律師，但組織裡已經有顧問律師了，為什麼還需要雇用外人，而且還是外國人？我一直忍耐到現在，但是今天要問個清楚！沙皇你到底在想些什麼！」

幹部們一致閉上嘴巴，看著凱撒，以杜切夫為首，許多純俄羅斯人都瞪著他看，就像是伺機獵捕食物的鬣狗圍繞著桌子。凱撒用冰冷的表情看著杜切夫。

「我了解你的意思了，就到此為止吧。」

一同等待答案的幹部們大聲喊道。

「沙皇，怎麼可以，我們要聽到你解釋！」

「不，這是什麼意思？沙皇讓外國人進到了宅邸裡？誰來說明一下！」

「沙皇，這怎麼可以？這可是背叛。不能處置羅莫諾索夫就算了，怎麼還有這麼怪異的事情?!如果是薩沙，絕對不會容許這些事情發生！」

聽到最後傳來的呼喊，凱撒嚴厲地大聲回答。

「我跟父親不一樣。」

瞬間愣住的幹部們全都閉上了嘴，凱撒用冷漠的聲音繼續說道。

「如果有任何不滿，我願意聽你們說，但絕對不許去報復。就像莫洛托夫說的，時代改變了，我不會容許你們用武力制服對方。」

凱撒瞪著杜切夫補了一句。

「如果想在我背後動手腳，可要先做好心理準備。」

會議室剎那間變得安靜，騷動的幹部也都不再開口了。杜切夫慢慢坐了下來，觀察局勢的其他幹部獲得了發言權。杜切夫左耳進右耳出地聽著他報告地方權利相關的事情，毫不隱藏自己的不滿，瞪向了凱撒。

會議結束後，幹部們分成各派系，各自前往自己常去的酒店，這就像是一種例行活動，他們在酒席之間會用酒或抱怨，把對沙皇的不滿或對組織的惋惜抒發出來。不過這次有些不同，其他時候一定會叫女人過來，但今天只在桌上堆上滿滿的酒瓶，除了他們之外，現場沒有一個外人。

「怎麼可以那樣？說什麼時代改變了？難道我們就只能繼續忍氣吞聲嗎？」

其中一個幹部抱怨道，而其他幹部也附和了。

「滿街都傳出賽格耶夫不如以往的傳聞，這全都是沙皇的錯。」

「如果沙皇沒有行動，我們不也無法擅自作主嗎？」

「他就是個沒有決斷力的膽小鬼，身為組織的接班人，都被羅莫諾索夫盯上了還默不作聲，這樣賽格耶夫會淪為笑柄的。」

「這樣下去可不行，我們來彈劾沙皇吧。」

聽到有人這樣說，大家都彼此交換著眼色，其中一個幹部開口了。

「大家等一下，薩沙還沒有引退。」

而他馬上遭到了嚴厲的批評。

「他跟引退有什麼兩樣？會議全都由沙皇主持，下達命令的也都是沙皇。最近有人有看到薩沙嗎？我好像有好幾年都沒看到他了！」

幹部間再次引起一陣喧嘩，靜靜觀察情況的杜切夫開口了。

「好了、好了，我了解了，先別吵了。」

大家都停止說話，轉頭看向杜切夫，他慢慢地開口。

「我們確實都對沙皇有所不滿，剩下的就看要怎麼行動。雖然把這件事告訴薩沙也可以，但薩沙真的值得信任嗎？」

「你不相信薩沙嗎？」

杜切夫聽到有人不平地發言，從容地笑了。

「當然，薩沙是把賽格耶夫打造成最棒組織的領導人，不過打造出沙皇的也是他，這樣你們還能相信得了他嗎？」

大家都猶豫地看著彼此的臉色，杜切夫瞇起了眼睛。

「他是冷酷的領導人，但也是一個孩子的父親，你們認為世上有多少位父親可以割捨掉自己的孩子？你們看看現在，薩沙把組織交給沙皇之後就很少露面了，他已經完全離開了組織。」

聽到杜切夫的結論，大家都同意地點點頭，杜切夫在酒杯裡倒入酒後，說道。

「現在我們要做的，就是看要就這麼把組織交給沙皇，眼睜睜看著組織瓦解，還是親自出面，想辦法拯救組織。大家聽懂我說的話了嗎？」

其中一個幹部用不安的聲音開口。

「不過、這樣，到底要怎麼處置沙皇呢？」

杜切夫透過酒杯，一一看向幹部們。

「下了王座的皇帝，下場如何不是很明顯嗎？」

杜切夫一口氣把酒杯喝乾，露出陰森的微笑。

「只有一死。」

幹部們個個屏息著面面相覷，沒有人開口說一句話。

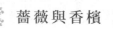

展覽著世界各國名畫的世界級美術館總是充滿了人潮，今天卻一反常態。即使天氣很好，館內卻只有平常一半的人，利元心想自己的運氣真不錯。多虧這樣，他可以悠閒地欣賞畫作，利元租了語音導覽，閒適地漫步於美術館裡。

不知道多久沒有享受過這種自由了，他好不容易結束了案子，原本暫時想要擁有自己的時間，卻被凱撒綁架，差點不能如願。

不過利元怎麼可能放棄呢？當凱撒知道利元消失了，他一定會先衝去利元家裡，然後沒找到人而感到慌張吧！他根本不會料到我會在這裡。

就在他獨自竊喜時——

不會連這裡他都找得到吧？

利元的腦中浮現這種想法，旋即笑著搖搖頭，他把不可能的想像拋開，按照畫作的號碼按下語音導覽，慢慢邁開步伐。果然是擁有悠久歷史、畫家所畫的真品，每一幅都虜獲了利元的目光，他被其中一幅畫特別吸引住了，停下了腳步，站在那裡專注地欣賞畫作時，感覺有人悄悄地來到自己身旁。

「你也喜歡魯本斯嗎？」

一道高雅的聲音讓利元抬起頭來，他這時才發覺自己看的是魯本斯的作品。

「對，算是吧。」

他含糊地回答，轉移了視線，看到一位身材修長、已有年紀的紳士站在眼前。穿著全套西裝、戴著紳士帽的他，單手拄著拐杖看著畫作，他側臉的線條俐落沉穩，不難想像他年輕時的樣子。

任誰來看都會覺得十分完美的紳士轉過頭來看著自己，老先生對著因一瞬間對上視線而有點慌張的利元微笑，溫柔彎下來的眼角為他帶來更加柔和的印象，讓利元也不禁微笑起來。男人開口了。

「我也喜歡魯本斯。」

其實利元對這張畫作並不熟，只是對於畫家有力的筆觸和大膽的構圖感到驚嘆。男人對著再次抬頭看畫的利元開口道。

「這幅作品在他的畫作中也算是特別雄偉的，我有時會為了看這幅畫來到這裡。在嚴謹之中，同時能感受到躍動的力量，對吧？魯本斯無疑是巴洛克藝術的教父，看看他華麗的筆觸，如果從卡拉瓦喬的藝術中除去陰森感，就會剩下魯本斯。」

怎麼會有種似曾相識的感覺呢？

利元抱持著微妙的心情看著老紳士，老紳士輕輕張開雙手，像是在吟詩般的側臉，和如數家珍般稱讚著葡萄酒的凱撒重疊在一起，這瞬間，利元不小心「噗哧」地笑了出來。男人訝異地回過頭來，利元很不好意思地揮揮手。

「不，非常抱歉，因為我突然想起了一個人。」

利元一邊道歉，臉上卻依然掛著笑容。如果凱撒就在這裡，他一定也會那樣說話。利元不禁對讓人聯想到凱撒的老紳士露出溫暖的微笑，他突然好奇凱撒現在正在做什麼。

看到利元微笑的臉，老紳士開口了。

「如果不忙的話，要不要跟我喝杯茶？我想再跟你多聊一會。」

沒有拒絕的理由，利元欣然答應了他的邀約。

天色漸漸變暗，雖然太陽比平時更早下山，但升起的時間並沒有差很多。當車駛近寬廣的庭院時，凱撒默默地看著窗外，他必須考慮的事情很多，但有一點他非常肯定，那就是幹部會議是毫無用處的程序。

他對父親薩沙制定的規矩沒有什麼意見，但只有這個他想要排除。等他完全坐上位子之後，第一件事會先取消幹部會議。凱撒這麼想著，比起會議，可能要先讓幹部們消失。他瞇起眼睛，腦海裡瞬間閃過在會議室內發生的事情，包含各個幹部的反應。

大概有個底了。

車子放慢了速度，管家急忙來到門口迎接。

「您回來了，沙皇。」

凱撒把外套交給鄭重行禮的管家後，立刻走向書房，管家卻開口道。

「律師現在並不在……」

這瞬間，凱撒停下了腳步。

「……不在？」

回過頭來的他，表情變得僵硬。

◎ ◎ ◎

「謝謝你的茶，佩德洛先生。」

利元微笑地說完，坐在轎車後座的老紳士也回以溫柔的笑容。

「我才是好久沒這麼開心了，希望以後還有機會能見到你。」

利元短暫猶豫了一下後，立刻從外套暗袋裡拿出名片，透過打開的車窗遞給老紳士。

「以後有時間再見面吧。」

「好，謝謝。」

接過名片的老紳士露出微笑，看到他的笑臉，利元的胸口感到一陣溫暖，他用眼神道別後轉過身去。老紳士注視著遠離的利元背影，手上留有利元遞給他的名片。等再也看不到他時，他將視線轉向名片，嘴角泛起溫柔又寂寞的微笑。

他跟那個人真的很像。

「羅莫諾索夫先生，請問可以出發了嗎？」

聽到組織成員小心翼翼地詢問，米哈伊那時才點點頭。穩重的轎車無聲地出發了，米哈伊再次抬頭望向陰暗的街道，利元消失的方向已經沒有他的蹤跡。

利元以近乎小跑步般的速度，加快腳步走在深夜的街頭上，到了晚上，刺骨的寒風如刀般颳過身邊，他留意著腳下不讓自己滑倒，突然想起剛來到俄羅斯的時候。

那時很常腳滑，一屁股摔在地上……

他的腦中浮現屁股痛到讓他連連抱怨的回憶，露出微笑時，看到不遠處的公寓建築前有某個人站在那裡，利元訝異地歪了一下頭。他原本沒有多想，以為是弄丟鑰匙的居民，後來才發現那道高大的身影非常眼熟。

凱撒。

利元發現之後，將急促的腳步放慢，凱撒站在公寓入口的陰暗燈光下，不發一語地看著他。燈光很微弱，但利元清楚知道凱撒正默默地瞪著自己。

看到他抱著手臂，沉默著用全身散發著憤怒，利元總覺得有點不好意思。他不自覺地想要舉起手來打招呼，卻又把手放下，以尷尬的笑容取而代之，就像是在說「被你發現」了。

不過那反而像是在火上加油，凱撒的表情變得更加難看和僵硬，他全身散發著憤怒的氣息，利元只好收起笑容，露出尷尬的表情，這個時間，他應該不會在馬路上大吼大叫吧？

利元從來沒看過像那樣失去理性的凱撒，但現在的他感覺就會那麼做，他在內心想著「該怎麼辦」，急忙思考對策的時候。

呼……

瞪著利元，一副要吃了他的凱撒突然嘆了一口氣。看到他意外的反應，利元驚訝地眨眨眼睛，凱撒用疲憊的表情說道。

「你沒事就好了。」

利元驚訝地看著他，不過凱撒只說了這麼一句就不再開口了，而是揉著眉頭轉過身去，看到他要直接離開，利元慌張了一下。他瞪著自己的時候反而還比較好，他默默轉過身去的蒼白表情讓利元心生愧疚。

「發生什麼事了嗎？」

凱撒聽到利元猶豫地開口，停下腳步回頭看他。細緻的臉部輪廓上籠罩著深沉的陰影，利元再一次感到揪心，他遲疑了一下，正要開口時，凱撒先回答了。

「你不是不見了嗎？」

利元說不出話來，只是望著他，露出苦笑的凱撒也看著利元。利元好不容易認真地問出口了，卻換來玩笑似的回答，他突然感到一陣不耐。

「過不久你委託的案子就會結束。」

利元不自覺地說道。

「那麼也不會再見到你了。」

他一說完，突然意識這就是現實，意料之外的沉重感席捲而來。這是事實，等貝爾達耶夫的事情解決了，一切就都會結束，他沒有留在凱撒家裡的理由，也沒有跟這個男人見面的藉口。

「沒錯。」

到那時都沒開口的凱撒說話了。

「因為我沒有可以跟你交易的事情了。」

聽到意外的話，利元愣住了，凱撒的表情十分疲倦，顯得相當蒼白。利元雖然很慌張，但事到如今也沒有什麼可說的了。凱撒轉過身去，而利元停留在原地，他只是看著凱撒遠離的背影，什麼話都沒說。

整晚似乎都在下雪，利元聽到人們在外面鏟雪的聲音，醒了過來。他看著窗外的人忙碌地來回鏟著雪，突然想起前一天發生的事情，爽朗的氣氛立刻變得沉重。

到底發生了什麼事呢？

總覺得有什麼問題，但凱撒不說也無從得知，就算問了，他可能也不會好好回答。利元最討厭無解的煩惱了，然而現在正好就是這樣的情況。

又不能不顧一切地追問。

利元不自覺地皺起眉頭，這時外面傳來了敲門聲。

「來了。」

利元打開門，看到尼可萊站在門外，他感到有點意外地邀請對方入內後，尼可萊說道。

「從今天開始工廠會重新開張，有這件事我想找你商量……」

尼可萊的表情充滿了希望，跟之前只要提到工廠就會一臉黯淡的樣子簡直判若兩人，利元心滿意足地回答。

「有什麼事呢？」

「你先幫我看看這個。」

尼可萊把認真抄下來的皺巴巴紙張遞出去，上面寫著稅金、工人的薪資問題、沒有營業的期間可以得到的補助等細節事項，利元簡單地瞄過紙條後回答道。

「我知道了，我調查過後會再跟你談。」

「好，拜託你了。」

尼可萊正要轉身離開時，他停下腳步回頭看向利元。

「你是我的鄰居真的太好了。」

面對滿面笑容的尼可萊，利元也以笑容回應。新的開始總是令人雀躍，利元把尼可萊的紙條插在板子上，笑了一下，那麼這個晚點再來確認好了，首先要處理凱撒委託的剩餘工作。

利元忽視再次變得沉重的心情，拿出外套穿上，跟平時一樣準時走下樓梯，準備向奶奶道早安時，咖啡店的門打開了。利元突然轉移視線，看著穿著高雅、略施淡妝的女人走了進來。

這種時間還有人會來咖啡店啊！

利元沒有多想，與她擦肩而過走到外面。而她突然轉頭看向利元，皺眉眨著眼睛，頻頻偷看著他，接著悄悄走出來叫住了利元。

「那個……」

利元正好要騎上摩托車而戴上安全帽，聽到有人叫自己，轉過頭去，剛剛在咖啡店擦身而過的女人正在看他。利元不明所以地向她投出目光，她吞了口口水才開口。

「那個……我是聽希貝爾尼克先生提起才前來的。」

聽她艱難地啟齒，利元瞬間愣住了，對著瞪大眼睛的利元，她欲言又止了好幾次才開口。

「請問你是利元嗎？」

利元的眼睛瞪得更大了，她這時好不容易才露出微笑，說道。

「你就是秀妍的兒子啊。」

同時，戴著安全帽的利元張大了嘴巴。

໑ ໑ ໑

「這邊請。」

利元將她帶到房間後，感到有點難為情，早知道應該要整理一下的，但已經來不及了。他急忙把散落一地的文件收拾起來，騰出了位置。

「請進。」

看到利元兩手滿滿都是文件，把它們搬到房間一角，她的臉上泛起了微笑。女性自我介紹說她叫做娜塔莎，是利元一直在尋找的媽媽的朋友。利元把茶倒進老舊的茶杯裡端出來，緊張顫抖著和她對坐。

「我聽希貝爾尼克先生說了，聽說你在找我。」

老人真的兌現了約定，利元打從心底感到感激地點點頭。

「對，是這樣沒錯。聽說妳認識我母親……」

「我曾跟秀妍很親近……原來是這樣啊，秀妍已經去世了。」

她像是在回憶般露出朦朧的表情看著利元。

「比起父親，你跟你母親像多了。」

聽到那句話，利元的心臟突然往下一沉。

她認識他。

利元吞了口口水，這個人認識我父親。他立刻緊張地回答。

「母親倒是說我比較像父親呢。」

利元尷尬地笑了笑，她卻認真地否認道。

「不，絕對不像，沒有那種可能。」

她有點微妙的語氣，不知為何讓利元感到有點訝異，利元等待她喝了一口紅茶、放下茶杯後，開口了。

「那個，請問……妳認識我父親嗎？」

她頓時愣住了。利元有種胃被緊緊掐住的感覺，緊張地等待她的回答。

「為什麼要這麼問？」

她反問了利元。利元這下確定她擁有父親的資訊了。

「請問他人在哪裡？妳知道他的住家地址或連絡方式嗎？如果妳有知道的資訊，請全部告訴我。拜託妳了。」

她是唯一一個擁有線索的人，利元不能放過這個機會。她表情慌張地咬著嘴唇，利元接著說話了。

「我來俄羅斯的原因，是為了完成母親最後的請託，我一定要見到父親，見面之後，我有話要對他……」

「別去找他。」

聽到利元焦急的說明，娜塔莎用低沉的聲音阻止了他。對於不知所措的利元，她再次用陰沉的表情開口。

「你們最好不要見面，不要再找他了。」

她一直說著利元無法理解的話，利元驚訝地直眨著眼，而後才說道。

「沒關係，無論我的父親是什麼樣的人，我都做好心理準備了。請告訴我，我不會造成他的麻煩，只要把話轉告給他就好，我絕對不會讓他的太太感到為難。」

娜塔莎顯露出不安的臉色，看著利元。利元焦急地等著她開口，猶豫了好幾次的娜塔莎好不容易才開口。

「他已經死了。」

聽到出乎意料的話，利元瞪大了眼睛。不，他曾想過，搞不好會有這種可能，不過這是真的嗎？父親真的不在這世上了……？看著美麗的青年半信半疑地僵在那裡，娜塔莎以黯淡的表情看著他。

「竟然把活人說成死人，不會太過分了嗎？」

平靜的聲音從身後傳來，娜塔莎的身體變得僵硬，利元則是嚇得眨了眨眼睛。打開的門後方站著熟悉的男人，是那位一手拄著拐杖的沉穩紳士，利元立刻想起他就是在美術館遇到的那個男人。

「又見面了。」

看到他露出微笑，利元嚇得從位子上站起來。

「你是……」

「我警告過你了。」

比起利元，娜塔莎先開了口，她慢慢轉過身來，正面看著那男人。利元瞬間驚訝得眨眨眼睛，瞪大眼睛看向娜塔莎，她繼續說道。

「你還是不放棄嗎？不覺得對不起秀妍嗎？」

聽到她的指責，米哈伊沒有回答，只是看向了利元。利元慌張地來回看著娜塔莎和米哈伊，米哈伊就像是想起懷念的某人，瞇著眼睛說話了。

「所以我現在要來贖罪。」

「哼！」

娜塔莎哼了一聲，神經質地撥亂了整齊的頭髮。兩人之間散發著令人窒息的緊張感，利元觀察著，把握機會介入其中。

「雖然很抱歉，但這究竟是怎麼回事……？佩德洛先生，總之您先請坐。」

「佩德洛先生？」

娜塔莎狠狠問道，見利元俯視著自己，她繼續說道。

「你見過那個人嗎？在哪裡見到的？」

聽到她質問，利元困惑地回答。

「在美術館裡遇到的，我們偶然之下有聊過天……」

「你說是偶然？」

娜塔莎感到無言地回頭看向米哈伊，利元因為緊張，感覺手心都出汗了，他也把視線投向了米哈伊。娜塔莎的反應太過尖銳了，這到底是怎麼回事呢？他們是什麼關係？那個人難道是……?!利元半信半疑地看著他們，耳邊卻傳來尖銳的聲音。

「你的名字什麼時候變成佩德洛了？米哈伊．佩德洛維奇．羅莫諾索夫先生？」

米哈伊．佩德洛維奇．羅莫諾索夫。利元感覺耳朵內的聲音都放大了，他瞪大了眼睛。羅莫諾索夫。

不需要努力回想也明白，這個名字他聽過好幾次，讓大家渾身打顫的巨型黑手黨，被稱作獅子的羅莫諾索夫派老大。

利元臉色蒼白地看著他，米哈伊．佩德洛維奇．羅莫諾索夫。米哈伊。

利元不自覺地吞了口口水，米哈伊開口了。

「現在終於能見到你了。」

如初次見面時一樣，米哈伊用慈祥的表情張開雙臂。

「我的兒子。」

利元就這樣僵在了原地，米哈伊看著利元的藍色眼眸裡泛著淚光。

ⓒ ⓒ ⓒ

搭乘著黑色轎車，穿過了巨大的鐵門，不久後映入眼簾的巨大宅邸讓利元不禁皺起了眉頭。宅邸真的非常大，讓他回想起第一次看到凱撒宅邸時的感受。

「歡迎回來，羅莫諾索夫先生。」

等待著的男人恭敬地行禮，看起來像是組織成員的他發音有些怪怪的，利元很快就發現他不是純俄羅斯人，不只是他，路過的組織成員中似乎也沒有幾個是純俄羅斯人。因此他們雖然對跟在米哈伊身後走去的利元感到好奇，卻都沒有投以輕視或憎恨的目光，反而對他微笑打招呼，利元看到他們這個樣子，想起很久以前聽過的，造成賽格耶夫和羅莫諾索夫衝突的最大原因。

兩派的勢力之爭，甚至被稱為純俄羅斯人和非俄羅斯人的戰爭，而這當然跟組織成員的構成有關。不同於凱撒只由純俄羅斯人組成的組織，米哈伊的組織不論出身，只要想要都可以加入，最不講求法律的黑手黨卻給予最平等的機會，這雖然很諷刺，卻是事實。利元親眼目睹之後，便不再懷疑這一點了。

利元默默地跟隨米哈伊，隨即被帶到一間會客室，擁有悠久歷史的宅邸保留著古典風格，規模雖然不輸給凱撒的宅邸，氣氛卻完全不一樣。不同於家具或裝潢全都走奢華風格的凱撒宅邸，米哈伊的宅邸樸素且實在。想到這裡，利元又想著這麼大的宅邸本身就不算樸素了。

管家為來客拉開椅子後，無聲地離開了，過不久便端著紅茶和餅乾進來，不發一語地在米哈伊和利元面前各自放下紅茶。利元突然感覺到宅邸的各處都散發著隱隱的香味，剛煮好的紅茶香搭配家裡隱隱的香味，帶來奇妙的舒適感。米哈伊看到利元只是默默看著紅茶，於是開口。

「你不喜歡紅茶嗎？」

聽到米哈伊慈祥的聲音，利元停頓了一下才開口。

「喜歡。」

聽到利元平淡的回答，米哈伊笑著問道。

「看來這個茶葉不符合你的喜好，我叫人換一杯。」

「不用了。」

在米哈伊把僕人叫過來之前，利元立刻回絕，拿起茶杯喝了一口。紅茶是真的很好喝，不同於帶著熱帶水果味道的甜甜香味，茶的口感微澀且順口，利元又喝了一口精心熬煮的昂貴紅茶，放下茶杯。這時米哈伊再次開口。

「你媽媽只要喝一口紅茶，馬上就會吃一口餅乾。」

聽不出來米哈伊是基於懷念，還是想找出共同話題，但利元依然不帶感情地回答。

「這我也知道。」

對話再次中斷，米哈伊露出慌張的表情看著利元，但是利元沒有其他話好說，不，應該是不想說。把他當成博學多聞的老紳士的那時候還比較好，他現在自稱是自己的父親，而且還是個黑手黨，這真的讓他很無奈。

當利元得知米哈伊．羅莫諾索夫是自己的父親之後，慌張之餘還被他拖著帶了回來。朝向米哈伊家的路途中，米哈伊也沒有多說什麼。利元不是故意要沉默的，只是無話可說。米哈伊這次也對著不發一語地喝著紅茶的利元開口。

「我想你一定很失望……」

他猶豫著繼續說道。

「我離開你和你母親的原因……」

米哈伊說不出口似的再次閉上了嘴，而利元只是用冰冷的視線看著他。

「你不用說出來也沒關係。」

利元不是替他著想才這麼說的，他只是不想看到他猶豫著，還想要勉強說話的樣子。

米哈伊聽到利元冷淡的聲音，一臉陰沉地垂下了視線。

年邁的獅子。

他突然想起凱撒某次說過的話，年輕時期咆哮著的獅群王者現在病弱且年邁，正在漸漸失去力量。他一方面感到惋惜，卻又覺得心涼，那是因為他還無法原諒這個男人所做的事。

他欺騙了媽媽和我。

反正利元完全沒有關於他的記憶，在還沒學會走路之前就消失的爸爸，在他的人生中幾乎等於不存在。不過母親不一樣，她一輩子想念、擔心著這個男人，直到離世都不知道他為什麼要離開自己，而利元就是為了完成她最後的心願才來到這裡的。

不過當利元真正面對父親時，這一切都變得無趣，現在才來問過去的事情又有何用？事情也不會有所改變，媽媽已經離開了這個世界，留給自己的只剩下義務。母親請他轉告的那些話，利元為了履行那個心願，開口道。

「我會來找你……」

利元故意沒叫他「爸爸」，而是用「你」來稱呼，米哈伊直盯著他看，而利元繼續說道。

「是因為媽媽希望我轉達一些話給你。」

利元心想說完就要立刻回去，他沒有留在這個家裡、或者和這個男人尷尬對看的理由。利元依然用平靜地聲音開口道。

『我並不恨你。』

米哈伊瑟縮了一下，利元冷靜地繼續說道。

『只是好奇你為什麼要拋棄我，不過即使如此，只要你曾愛過我……』

利元說。

『那就夠了。』

米哈伊沒有說任何話，只是屏息等待利元繼續說。利元說出最後一句話。

『依然愛你的妻子留。』

這瞬間，米哈伊激烈晃動的藍色瞳孔立刻積滿了淚水，男人急忙用手摀住嘴巴，卻無法阻止眼淚流下來。利元面無表情地看著他，米哈伊無聲地哭著，不發一語地掉淚和嗚咽，利元卻只是凝視著他。

利元心想該做的事情已經做完了，包含到最後都很孤單的媽媽的遺憾之情，自己來到這裡的理由和使命全都結束了。

「……真的很對不起。」

米哈伊過了好一陣子後才呢喃。

「對不起，沒能守護你。」

要道歉也應該是向媽媽道歉，利元這麼想著，到最後都相信你，全心全意都獻給你的人是媽媽。

但是已經太遲了。

利元看著抖動著肩膀嗚咽的男人，默默地坐在位子上。

米哈伊啜泣了好一陣子，終於止住了淚水，他好不容易睜開紅腫的眼睛看著利元。

「你會恨我嗎？」

米哈伊用沙啞的聲音問道，利元面無表情地看向他後開口了。

「以前會，但現在不會了。」

利元不帶感情地說道。

「我對你沒有任何感情。」

利元忽視米哈伊微微顫抖的嘴唇，站了起來。

「那我先告辭了。」

「你要走了嗎?!」

米哈伊驚訝地大喊道，利元俯視著他接口道。

「我已經轉達完媽媽的話了，找你的理由就只有這個，我已經完成了我的義務，所以該離開了。」

「等、等等！」

米哈伊慌忙地站起來抓住利元的手臂，利元皺起了眉頭但沒有甩開，他慌張地結巴道。

「你為什麼要走？你是我唯一的兒子，是我的親骨肉。你不和我一起住在這裡嗎？你說要走，是要去哪裡……！」

對於急忙挽留自己的米哈伊，利元面無表情地說。

「我沒有待在這裡的理由，我要走了。」

「你是我的兒子！」

米哈伊著急地大喊。

「我當初離開還在襁褓中的你是有原因的，我也是不得已的，現在想要補償你。」

「我從沒有想要你補償。」

聽到利元冷漠的話，米哈伊急忙找尋話題。

「可是、即使如此……你不能接受我這個爸爸嗎？我們不是很合得來嗎？對啊！我們聊過畫作的事情，還一起喝了茶。」

米哈伊拚命挽留，不過利元的心已冷。

「那時我不知道你是我父親。」

利元平靜地補充。

「更不知道我父親是一名黑手黨。」

米哈伊的臉色變得蒼白，到剛剛為止一直拚命挽留利元的男人已經無話可說，只是呆呆地愣在那裡。利元收回毫無感情的視線，簡短地道別。

他像是對待陌生人般冷靜地道別後，轉過身去，而他父親再次抓住了他。

「那我告辭了，再見。」

「等等，你等一下。」

利元用「你這次又要說什麼」的眼神看著他，米哈伊垂頭喪氣地看著他開口。

「好，如果你那麼不想留下，我也不會強求。可是一件事就好……你能答應我一件事嗎？」

聽到懇切的聲音，利元實在不忍心拒絕。米哈伊見利元看著自己，清了一下喉嚨後說道。

「我的生日就快到了，會在宅邸裡舉辦生日派對，你只要參加完就可以離開，我也不會再挽留你。」

米哈伊在利元皺眉之前繼續說道。

「一次就好，我希望得到你的祝賀。」

利元沉默地看著他，雖然覺得應該要直接拒絕並離開，情感上卻動搖了。他雖然輕視黑手黨，但這個人是他的父親，血緣關係真的很神奇，明明不久前還是根本不認識的人，現在卻變成了自己人生的一部分。

利元在他的身上看到了，他身為黑手黨首領之前，也是一名衰老疲憊的父親，是媽媽心愛的男人、我的爸爸。

利元看著他感到心情複雜，他知道他有義務要對父親抱持著愛憐的感情，但他一點都沒有。面對突然出現在他面前的這個人並沒有那麼輕鬆，利元反而感受到沉重的壓力，最終只能點點頭。

୭ ୭ ୭

凱撒焦急地在辦公室裡來回踱步，時間不停地流逝，但他唯一的煩惱一直沒有消散。

利元消失了。

凱撒神經質地撩起頭髮，他焦急地快要受不了了，利元已經行蹤不明好幾天了，那天在公寓前看到他是最後一次。

早知道會這樣，那天應該直接把他擄走的。

雖然後悔，但已經太遲了，身邊有許多麻煩事要處理，在這種情況下，利元竟然消失了。到底是誰幹的？他想遍了組織內反對他的勢力和敵人，但對象太多了。

不對，要斷言是綁架或挾持還太早，最重要的是帶走利元有什麼目的？不過也很難認定他是不是自己離開的。凱撒用盡各種方法找他，但他完全隱藏了蹤跡。凱撒擔心到根本無法做出理性的判斷，他心急地抽著雪茄時，聽到突然傳來的腳步聲，抬起頭來。

該不會……

門猛然打開，凱撒現在最不想看到的男人走了進來。

「凱撒，你過得好嗎？」

看到開心地打著招呼走進來的狄米特里，凱撒轉過頭不理會他。不過狄米特里不在意，直接走向沙發一屁股坐下來。

「聽說你最近狀態不太好？盧德米拉很害怕，嚇得直發抖呢。尤里西不知道該怎麼取悅你，甚至還去找了占卜師。」

凱撒什麼都沒說，他根本不在意，全神灌注都在想著一件事。他默默地在辦公室裡踱步，不斷地吞吐著雪茄的煙，這時狄米特里開口了。

「你該不會是因為那個性感的律師才這麼心煩的吧？」

凱撒頓時停下腳步，狄米特里看到他慢慢轉移視線，笑了起來。

「看樣子我猜對了。」

凱撒不發一語地再次開始踱步，一臉嚴肅地抽著雪茄，慢慢從辦公室的一邊走到另一頭，這時，一直盯著凱撒的狄米特里開口了。

「你變得很奇怪，也不來俱樂部了，只要面對那個律師的事情就會失去理智，現在又怎麼了？你被那傢伙甩了嗎？」

「閉嘴。」

凱撒終於開口了，聽到他神經質的聲音，狄米特里反而對自己的推測更有了信心。狄米特里瞇起了眼睛。

「你還沒跟那傢伙做過吧？」

凱撒這次什麼都沒說，只是皺著眉頭俯視著狄米特里，狄米特里像是知曉一切般慢慢說道。

「他如果跟你做過了，怎麼可能好端端地走來走去？他不是會死掉，就是會變成殘廢，看那傢伙的樣子，就知道是個處女。」

狄米特里悠閒地從西裝暗袋裡掏出菸來，補了一句。

「不過誰知道？看他那張臉，搞不好已經用後面跟很多人做過了。」

喀嚓。

頭上傳來驚悚的金屬碰撞聲，狄米特里維持著掏菸的姿勢沒有動，冰冷的槍口靠在他頭上，凱撒的克拉克手槍在狄米特里的頭上發出冰冷的寒氣。

「我只警告一次。」

聽到凱撒安靜的聲音，狄米特里像是聽懂了似的輕輕舉起雙手。凱撒雖然收起了槍，但殺氣依然圍繞在他身邊。狄米特里這次才真的從懷裡掏出菸來，咬在嘴裡。凱撒把抽完的雪茄抵進菸灰缸裡熄滅後，拿起了新的雪茄，狄米特里低頭看了滿滿的菸灰缸一眼，按鈴叫盧德米拉進來。

「幫忙換一下好嗎？」

聽到狄米特里笑著詢問，盧德米拉急忙拿來了新的菸灰缸，狄米特里靜靜地看著她快步離開，從裝得滿滿菸灰缸裡滿出來的菸灰，在地上累積了不少。

「看來你是真心的。」

盧德米拉離開後，狄米特里開口了。

「你竟然可以忍耐那樣的人在眼前走來走去，真能克制，連我都學不來。」

狄米特里深吸一口點燃的菸後說道。

「而且不是別人，正是你。」

在凱撒再次抽出手槍之前，狄米特里接著說。

「先不提私生活，你信得過那傢伙嗎？他又不是純俄羅斯人。」

「那當然。」

凱撒立刻回答，狄米特里瞇起眼睛露出懷疑的眼神。

「真的是那樣嗎？」

凱撒皺起眉頭，以此表示「你到底想說什麼」，狄米特里吐了一口菸後笑了起來。

「我們打個賭吧？」

「打賭？」

凱撒懷疑地反問，狄米特里回答了。

「很簡單，只要選會或不會就好，至於賭贏的獎品……」

狄米特里笑了。

「就當作賭贏的人能擁有勝利者的榮耀好了。」

凱撒的表情更加充滿著懷疑，透過白茫茫的煙霧，狄米特里開口了。

「我賭那個律師不用多久就會背叛你、離你而去。」

凱撒一臉不悅地看著他，狄米特里卻只是笑著把菸拿到了嘴邊。

你一定會被拋棄，凱撒。

狄米特里這樣想著，在白茫茫的煙霧中，他深色的眼眸變得朦朧。

就算不會，我也會讓事情變成那樣的。

從前幾天開始，宅邸內的人都在忙碌地準備著，為了慶祝巨型黑手黨組織的首領米哈伊．羅莫諾索夫的生日，再加上原本從前線退下來的他回歸了，讓這件事具有更大的意義。

到了從一個多月前開始就在精心準備的生日派對當天，簡直能讓人聯想起戰場的火熱。組織成員在附近來回走動，確認是否有可疑人物，甚至連正在散步的狗都抓住了，搜了身後才放牠離開。

一大早開始就傳來各種噪音和雜亂的腳步聲，讓利元很早就睜開了眼睛。他睡眼惺忪地看向外面，果然看到了忙碌奔走的人們。外燴廚師比手畫腳地討論著菜單，一旁穿著整齊西裝的男人們熟練地搬運著堆積如山的托盤。利元看到一個男人小心翼翼地拉著上方用簾子蓋住的拖車，立刻發現那個應該是蛋糕。

在忙亂的景象中，有一群一眼看過去就讓人覺得可疑的男人，以銳利的眼光彼此通訊，那些人當然是羅莫諾索夫的組織成員。

利元苦澀地嘆了口氣，不知道自己這麼做是不是對的，再加上如果凱撒得知了目前的情況，他該怎麼辦。他還是無法甩開自己是不是基於同情心，才做了錯誤判斷的想法，不過他已經做出了選擇。

明天就可以回去了。

那天和凱撒像那樣分開之後，一直沒能連絡他這件事讓利元有點掛心，他在那之後，不會也來找我了吧？

我是不是該打給他？

對於突然浮現的想法，利元皺起了眉頭。

但是打給他要說什麼？

這時利元剛好聽到敲門聲，轉過頭去，一名女僕抱著很大的盒子走了進來。

「這是您今天要穿的衣服。」

滿臉雀斑的女孩露出善良的微笑，像開玩笑般彎下膝蓋打過招呼後，快步離開了房間。利元低頭看到盒子上印著曾在百貨公司裡看過的品牌標誌，一打開，裡面放著為生日派對準備的燕尾服。利元想了一下後把衣服拿出來，他根本不需要試穿就知道會很合身，因為這一定是為了利元特別量身訂製的。

利元待在宅邸的幾天內，米哈伊為了兒子毫不吝嗇地花錢，就像是要補償過去他沒能做到的事情，不停買了又買。那些東西沒能打動利元的心，但米哈伊的用心和努力至少有讓利元稍微軟化下來。

利元雖然不太喜歡無止盡送來各種禮物，但今天是米哈伊的生日，利元決定就只有這一天，他要表現得像米哈伊期望中的兒子。他把燕尾服拿出來放在床上，也打開了隨著燕尾服一起送來的小盒子，裡面裝著鑲了鑽石的奢華手錶。利元把小盒子放在燕尾服的盒子上，走向了浴室，總覺得今天會是很忙碌的一天。

「歡迎光臨，沙皇。」

男人在門口鄭重地打過招呼，尋求諒解後搜了凱撒的身。宅邸前放著金屬探測器的情況並不算少見，以隨時要預防暗殺的組織老大來說，生日派對也不能太過大意。

簡單地搜身後，組織成員彎下腰來行禮，凱撒就走了進來。大廳裡已經有很多人到了，不只有政商界的名人高層，包含他們的配偶或情婦，或是無法被定義關係的各種人彼此交流著、打探對方，裡面當然也有相當多規模不小的組織老大。

凱撒雖然是一個人前來的，但他看到很多帶著老婆小孩過來的人，這也是理所當然的，因為不是別人，今天可是米哈伊・羅莫諾索夫的生日。大部分的人都是為了以後著想而來到這裡的，因為在俄羅斯內要是無視米哈伊・羅莫諾索夫的存在，是無法生存下來的。

凱撒來到這裡的理由某種程度上也是一樣的，雖然他還有另一個企圖，是想要親眼確認米哈伊的狀態。

凱撒皺著眉頭，緩緩搖晃著拿在手上的香檳酒杯，他的理性在精準地算計，心情卻是一團亂，理由當然只有一個，凱撒自從利元消失後，就不安到根本無法好好睡覺。

他第一次了解到自己的想像力是如此豐富，利元的各種樣子浮現在腦海裡，簡直令他無法忍受，此刻凱撒也很想立刻衝出去在街上徘徊，尋找利元，他好不容易才壓下這樣的衝動。

遲早會找到他的，在最壞的情況下，他甚至會想到要借用狄米特里的力量。當然，那是最後的選擇。

隨著短暫的嘆息，凱撒抬起頭來，有一名有權勢的政治家女兒前來攀談，凱撒敷衍了幾句後就漫不經心地轉移了視線，他突然有種奇妙的感覺。人們竊竊私語地偷瞄著某處，而凱撒也不自覺地轉過頭去，卻僵住了。

不會吧，這是幻覺嗎？

利元穿著優雅的古典燕尾服，戴著奢華的鑽石手錶，頭髮往後梳理整齊，那帥氣的外表任誰來看都會覺得很引人注目。他用指尖輕輕捧著一杯香檳，香檳的氣泡不斷地冒上來，每當他稍微把酒杯傾斜，金色的液體就會順著喉嚨滑落進去。

利元心不在焉地瞄著四處聚集的孔雀們，他雖然是第一次參加這種派對，但一點都不覺得驚訝或神奇。每個人的嘴角都掛著微笑，眼睛卻忙著打探對方，開玩笑似的貶低對方，或是若無其事地表露出自己的傲慢。

利元很不喜歡這種俗氣的場合，一心期盼著想要回到自己的住所。

比起貼有年分標籤的香檳，感覺奶奶那親手釀的、酸酸的又不知名的酒更好喝，也可能是他因為他更習慣於那種酒。

當利元不經意地這麼想著的時候，有個男人靠了過來，他叫做雷普，好像是米哈伊的親信。他展現出極度的尊敬，任誰來看都會覺得他過於忠誠了，而今天的他看起來比任何人都要來得開心。

「少爺。」

穿過人群靠過來的雷普短暫地低下頭來。

「羅莫諾索夫先生很快就要開始演講了，他有可能會找您，所以請您不要離開這裡。」

利元沒有多想就點點頭，雷普得到利元的回答，便再次走了回去。利元感受到到處偷瞄他的視線，身邊混進了一個任誰來看都會覺得跟這裡不相稱的人，當然會覺得奇怪，利元也理解他們的想法。

他面無表情地想要把香檳再次倒入口中時，突然有人粗魯地抓住了他的肩膀。利元嚇得不小心讓香檳酒杯掉在了地上，細長的酒杯畫出拋物線往下墜落，與此同時，金黃色的透明液體如波浪般晃動著，在空中游移。

玻璃破裂的聲響隨之傳來，人們嚇得看向他們，利元慢了一拍才察覺到一名臉色鐵青的男人瞪大了眼睛，俯視著自己。

「……凱撒？」

利元不自覺地喊出了他的名字，凱撒的表情立刻變得扭曲，利元覺得莫名其妙地抬頭看向他，這個男人為什麼會在這裡？有什麼事嗎？其他組織的黑手黨會來參加派對，但是幹部也會受到邀請嗎？當他呆呆地想著這些時，凱撒從緊咬的牙縫中吐出聲音。

「你是怎樣？」

利元聽到他劈頭大吼的聲音，訝異地眨了眨眼睛，凱撒繼續用快速的語氣逼問他。

「到底是怎麼回事！你為什麼會在這裡？你知道我一直在找你嗎？你消失得無影無蹤，又在這種地方做什麼？」

對於急切的質問，利元一時不知道該怎麼回答才好，後來才想起來自己沒打一通電話，卻消失了好幾天，這時利元才了解眼前這個男人為什麼會氣成這樣。

「對不起，我發生了一些事情……」

雖然事情急迫到來不及思考身邊的情況，但這件事也很難讓凱撒理解，再加上利元根本沒想到凱撒會像這樣一直在找自己，愧疚感和沒料想到的問題同時浮現於腦海之中。

不論利元願不願意承認，他都是米哈伊．羅莫諾索夫的兒子。從小性命就隨時都會受到威脅的凱撒，還有想取他性命的羅莫諾索夫，利元夾在敵對的兩個組織之間，萬一被凱撒發現自己的父親是誰，他根本不敢想像會發生什麼事。利元慌忙地整理好思緒後，抓住了凱撒的手臂，最重要的是要先離開這裡。

「我們出去再聊……」

「我在問你，你為什麼在這裡！」

凱撒甩開利元的手，不分青紅皂白地發著脾氣。

「而且這副打扮是怎樣？你為什麼會穿成這樣出現在這裡？你知道這裡是哪裡嗎？你究竟是怎麼進來的？」

對於凱撒的逼問，利元有點不是滋味，不過現在不該跟他計較，利元壓抑下來，再次說道。

「之後再跟你說，比起那個，你為什麼會來到這裡？你應該沒有要辦的事情了吧？我們先出去吧！」

比凱撒搶先繼續接口的利元抓住了他的手臂，想直接穿越人群走出去，但碰巧遇到不對的時機。這瞬間，大廳的燈光暗了下來，人們開始躁動。不久後，眾多燈光中的其中一個發出光芒，照亮大廳內側的低矮舞臺，接著他看到了米哈伊的身影。

人們的歡呼和鼓掌聲響起，利元沒有辦法，只好放開凱撒一同鼓掌，凱撒也用不情願的表情看著舞臺，米哈伊接過麥克風跟大家打招呼。

「感謝各位在百忙之中出席這場派對，我想今天會成為特別有意義的生日……」

利元想要摸黑走出大廳，他再次抓住凱撒的手臂，卻突然聽到米哈伊的聲音。

「……大家在這段期間內一直關心我健康，抱歉讓你們擔心了。今天我想藉由這場派對介紹一個人。」

在臺下一片嘩然之中，米哈伊走下了舞臺。每當他走一步，人們的聲音就逐漸變小，利元看到米哈伊直直朝自己走來，嚇得屏住呼吸。不會吧？應該不會是這樣吧？配合著米哈伊的腳步，燈光也隨之移動，當利元產生想要逃跑的衝動時，米哈伊已經站到利元面前了。

燈光立刻照射在利元和米哈伊身上，米哈伊對著慌張地看著自己的利元露出燦爛笑容，突然伸出雙手擁抱他。大家驚訝地不斷竊竊私語，利元就這麼僵住了，米哈伊用單手摟著利元，回過頭來看向大家。

「過去我一直瞞著大家，其實我也有個兒子。因為有各種危險，他先前都是在別的國家長大的，但未來他會和我在這裡生活。」

他說什麼?!

利元被意想不到的狀況嚇得說不出話來，而凱撒也一樣。他愣住了，跟石頭一樣站在那裡一動也不動。在各處交頭接耳的聲浪之中，米哈伊發現了像柱子一樣站在一旁的凱撒。

「剛好賽格耶夫的接班人也在場。」

人們的視線隨之移動，利元也看向了看著自己發愣的凱撒。米哈伊繼續說道。

「希望你以後能成為我兒子優秀的競爭對手，沙皇。」

……什麼？

利元瞬間懷疑起自己的耳朵，這比起米哈伊蠻橫無理地介紹自己還要更令人驚訝。在搞不清楚狀況、眨著眼睛的利元面前，凱撒不發一語，只是凝視著利元，而利元也一樣。米哈伊微笑著，驕傲地拍了拍利元肩膀的時候，兩人只是看著彼此，誰都沒有開口說一句話。

該死的糟老頭。

利元咬著牙，大步走在陰暗的街頭上，他越想越生氣，自己竟然像個傻瓜一樣被利用了。對老人家的眼淚心軟的自己才是笨蛋，他下定決心時就應該直接離開的。利元罵著髒話，粗魯地走著。

他根本不知道派對是怎麼結束的，利元被突然從各處湧來的關心和視線淹沒，一陣手忙腳亂後好不容易才離開了派對。雖然很慶幸能從那裡離開，但還是留下了一個遺憾。

應該要在他臉上揮上一拳的。

利元邊想邊咬牙，身邊突然有一群人圍上來，讓他來不及那麼做，再加上米哈伊的身邊也像蟑螂一樣圍滿了人，最終他只能鬆開緊握的拳頭直接離開，那時雖然有聽到身後有人在叫他，但他沒有理會。不過現在才開始生氣也是無可奈何。

氣憤的腳步漸漸放慢，利元不自覺地陷入沉思，慢慢走著。難道自己心裡還隱約抱著他是我父親的想法嗎？利元回想了一下，自己對於米哈伊自作主張的行為不只感到憤怒，他知道內心的某個角落之所以會感到空虛，是源自於另一個原因。原本打算真心祝賀他的自己像個笨蛋一樣，利元不禁長長地嘆了口氣。

我說不定是有那麼一點期待的。

就在他這麼想的時候，有個人站在不遠處的路燈下，前往公寓的路只有一條，不管利元想或不想都會經過那條路。如果有人決心一定要和利元見上一面，那他在那裡絕對遇得到他，就像現在的凱撒一樣。

利元停住了腳步，站在原地。聽到腳步聲、抬起頭來的凱撒看向他，兩人好一陣子只是互相看著對方，什麼話都沒說。凱撒先開口了。

「……到底是怎麼回事？」

聽到他低沉的聲音，利元有種微妙的感覺，除了安心感，也有一股不安感隨之襲來，是為什麼呢？利元停頓了一下，開口了。

「也沒有哪回事，就像你聽到的那樣，米哈伊・羅莫諾索夫是我的父親。」

這瞬間，凱撒的表情變得十分凶狠。利元發現他一直在勉強壓抑住憤怒，凱撒慢慢握住戴著厚牛皮手套的手，又鬆開說道。

「從什麼時候開始的？」

這是個可笑的問題，但利元笑不出來。

「應該是打從我出生那時開始吧。」

用力咬牙的聲音傳來，凱撒咬緊牙關瞪著利元，好不容易才開口。

「你打從一開始就是故意接近我的嗎？」

聽到意外的話，利元皺起了眉頭，不過凱撒沒有停止，繼續說道。

「你竟然是羅莫諾索夫的繼承人，我完全沒有察覺。你一直以來都在看著我，一邊嘲笑著我吧？對不對？」

「你別自己想這麼多，是你先主動接近我的。」

聽到利元神經質的回應，凱撒的眼神變得銳利，他立刻伸出手來，強而有力的手突然掐住了利元的脖子，讓他的臉變得扭曲。

「那你解釋啊。」

凱撒單手掐住利元，吐出尖銳的話語。

「說什麼都好，快點說服我，我什麼都願意相信。」

凱撒掐住利元脖子的手是認真的，像是立刻就能使勁、直接取走他性命般具有威脅性。看到凱撒瞪著自己的恐怖視線，利元就能充分感受到這點。

但是無關所有威脅和預感，利元無話可說，因為這一切都是事實。利元是羅莫諾索夫的兒子，雖然不是他的繼承人，但現在才來說這些大概也於事無補。

「我不是故意要隱瞞的。」

利元安靜地接口。

「我只是沒機會說……只是這樣而已。」

凱撒什麼話都沒說，只是默默地在陰暗的路燈下瞪著利元。利元突然感覺到他的手在施力，凱撒的臉陰沉地扭曲著，彷彿在思考要就這樣把利元勒死，還是要放過他。

利元感受到了性命上的危機，卻只是看著凱撒，沒有再說任何話。手指突然握緊，利元的臉因痛苦而不禁變得扭曲。凱撒咬了一下嘴唇，突然把他推開。

猛然被推開，利元重心不穩地踉蹌了一下，凱撒無言地瞪著他。轉過身去的腳步聲響起，利元撫摸著疼痛的脖子抬起頭來時，凱撒早已走遠。

砰！

聽到粗魯的開門聲，在暖爐前取暖的狄米特里立刻轉過頭來，他從開著的會客室門看到凱撒粗暴地走了進來。

「凱撒。」

狄米特里開心地跑了過去，但他馬上就停住了，凱撒看著正前方走去的表情比任何時候都還要恐怖，根本無法靠近，連狄米特里看到心臟都涼了半截。兩人雖然從小就認識了，但他還是第一次遇到根本不敢跟他說話的時候，急忙跟在後頭服侍的管家表情也很僵硬。

狄米特里困惑地看著管家一副快哭出來的樣子，臉色蒼白地追過去，他第一次看到像那樣全身散發殺氣的凱撒，不論遇到什麼情況，他都從來沒有那麼激烈地顯露出情緒過。

他是怎麼了啊?!

不自覺地搓著手臂的狄米特里隨後朝著凱撒的房間走去。

狄米特里遠遠地看到管家慌忙地從房間裡跑出來。對於今晚一定會做惡夢的管家，狄米特里一邊看著他的背影，一邊輕輕咋了咋舌。

房門半開著，可能是管家沒關好就跑掉了。狄米特里透過開著的門觀察凱撒的情況，凱撒什麼都沒有做，只是站在窗邊看向外面。狄米特里看到他手上拿著一個裝有純威士忌的杯子，悄悄開門走了進來。

「你怎麼了？我看管家一臉蒼白地跑出去。」

狄米特里並非以平常輕浮的語氣開口，而是用認真的語調問道，但凱撒沒有回答，只是咬著牙關瞪著窗外。

「你在那邊發生什麼事了？」

狄米特里想要走去窗邊的時候，凱撒突然開口。

「有事嗎？」

他冰冷的聲音讓狄米特里愣了一下，他回答。

「我有事要報告，不過現在似乎不適合說。」

狄米特里趁著空檔開了個玩笑。

「老是跟你形影不離的那個律師他人呢？怎麼沒看到他？」

那一瞬間，凱撒用恐怖的眼神瞪向狄米特里，如果眼神可以殺人，他早就被殺死了。

嚇了一跳的狄米特里不禁退後兩步，開口道。

「好啦，我走，我走就是了。」

狄米特里甚至舉起雙手揮了兩下，立刻離開了房間，他悄悄關上門時，看到凱撒的背影因憤怒而顯得僵硬，狄米特里一邊走在走廊上，沒有浪費時間，立刻按下了手機按鈕。

「對，你去打聽一下，今天在羅莫諾索夫的派對上發生了什麼事……對。」

不久後，狄米特里得到了驚人的消息，簡潔快速地說明狀況的手下說出了意想不到的情報。

「你說什麼?!」

狄米特里不禁尖銳地喊道，他即使掛斷了電話，依然覺得搞不清楚狀況，能幹的手下簡單提供了跟羅莫諾索夫的兒子相關的資訊。

——米哈伊指定那位律師作為他的繼承人。

狄米特里在不久前得知利元被羅莫諾索夫帶走的消息，沒想到他竟然是米哈伊的兒子，本來還以為利元頂多就是個叛徒而已。

看來能拿來利用一下了……

狄米特里瞇起的眼睛裡顯露出令人毛骨悚然的光芒。

利元整晚都沒睡好，睜開眼睛時已經是早上了。他揉了揉睡眼惺忪的眼睛，好不容易才從床上爬起來。他早就習慣硬邦邦的床墊了，今天卻覺得很不舒服，才在柔軟的床上睡上幾天而已，身體就已經適應了嗎？他稍微分析了一下，但也只是出於習慣才會這麼想，利元並沒有真的好奇。他坐在床邊看著遠方。

我得起床才行……

他雖然有這個想法，身體卻動彈不得，這不只是因為疲倦，也跟他整晚睡不好覺的原因有關。利元呆坐了好一陣子，好不容易站了起來。他勉強忍住不停湧上的嘆息，但還是不禁嘆了口氣，他明明沒有那麼愛嘆氣，最近卻老是會這樣，理由不言而明。

整晚折磨自己的凱撒的眼神又浮現在眼前，他帶著明顯的恨意瞪著自己。

如果多解釋一些會不會好一點？

利元現在才感到後悔，雖然明白這不能改變什麼。他洗完臉，精神卻依然恍惚，他看著鏡中的自己將臉打溼，總覺得鏡中凝視自己的臉有些扭曲。

咚咚。

聽到清脆的敲門聲，利元轉過頭去，隔了一陣子後門打開了，奶奶探出頭來。

「有客人找你。」

「什麼？」

利元不自覺地站了起來，接著看到男人的身影，這時利元才發現自己懷抱著多餘的期待。米哈伊就像初次見面時那樣，像個俐落的紳士般站在那裡。利元看向他，感受到自己臉上的笑容急速地消失了。

൭ ൭ ൭

我心情複雜的時候就會來到這裡。

就像米哈伊說的，美術館很奇妙地可以讓人感到平靜。利元和米哈伊一起看過一幅幅畫，好一陣子都噤口不言。默默走著的米哈伊停在林布蘭的畫作前，凝視著畫作開口。

「聽說很多人深受這幅作品感動。」

利元隨著他的視線抬起頭來，那是爸爸安慰著跪下來的兒子的一幅畫。米哈伊對著抬頭凝視著畫的利元說道。

「在黑暗中投以嚴酷目光的兄長們，和被光照耀著、原諒兒子的父親對比，你不覺得很出色嗎？果然有光和黑暗，就會有罪和饒恕……」

這句話意味深長，利元只是將視線固定在畫作上，不發一語，凝視著畫作的米哈伊開口了。

「你看起來還是非常生氣。」

「你擅自做了那些事，我會生氣也是當然的吧？」

利元不禁沒好氣地說出口的聲音，讓米哈伊苦澀地低下了頭。利元覺得不太好意思，但他沒有道歉，米哈伊沉默了好一陣子後，說道。

「我是害怕連你也離開我，才會這麼做的。」

聽到他平靜的聲音，利元愣了一下，米哈伊依然用低沉的聲音繼續說道。

「因為你一直說要回去，我才採取了強硬的手段，看來是我太過分了，抱歉，我並不打算要騙你。」

看著垂頭喪氣的老紳士，利元的心裡不太舒服，他是不是知道我會被他這個樣子打動，才故意這麼做的？當利元想到這裡時，父親開口了。

「而且我也想要擁有你。」

利元聽到意外的話，眨了眨眼睛，米哈伊繼續接口。

「我聽說了很多關於你的事情，大家都說你是非常優秀的律師，我把你帶過來之後，我發現你比傳聞中更加優秀。」

米哈伊露出苦澀的表情。

「希望你能繼承我的位子……」

「我不要。」

聽到利元立刻拒絕，米哈伊就像是已經預料到般豪爽地笑了，他帶著悲傷的笑聲讓利元一瞬間露出慌張的表情，而米哈伊依然用笑臉說道。

「你果然很像你媽媽，她對於不喜歡的事情也會毫不留情地拒絕。」

米哈伊回憶著過往似的露出朦朧的表情。

「我不知道你是否聽媽媽說過，一開始我跟你媽媽表白時，她甚至還打了個寒顫。為了讓她接受我的愛，我還唱了詠嘆調給她。」

不過，當時的痛苦現在也變成了回憶，米哈伊用苦澀的表情看著利元。

「如果能和秀妍一起看著你長大就好了。」

米哈伊即使那樣說道，臉上也沒有懊悔，只留有遺憾。利元察覺到了，即使發生同樣的狀況，父親還是會離他們而去。

「那你為什麼……」

利元開了口，卻又閉上了。米哈伊用訝異的表情看著他，利元立即搖搖頭。

「沒事。」

凝視著利元的米哈伊露出苦笑，拍了拍利元的肩膀。

「你還是再好好考慮一下吧。」

一起走出美術館之後，米哈伊再次勸道。

「總有一天你會需要力量，那時我會助你一臂之力。」

「我不要。」

利元這次也拒絕了。

「我不需要踐踏別人的力量。」

「為了守護，有時也需要這種踐踏別人的力量。」

米哈伊瞬間露出冷酷的表情，利元從他身上看到了跟凱撒一樣的光芒，他果然也是踏過滿地鮮血生存下來的男人。利元彷彿聞到了血腥味般，冷靜地回答。

「我不會有想要那種力量的時候。」

「誰知道呢。」

米哈伊瞇起了眼睛。

「這世上沒有絕對的事情，兒子。」

聽到他最後一句話，利元不禁皺起眉頭。這時，有個帶著貝雷帽的小個子男人從視野盡頭走了過來，他是個尋常可見的男人，但很奇怪的是，他吸引住了利元的視線。利元不自覺地定睛在男人身上，他以不慢、但也不快的步伐靠近過來，不過不知為何，這反而讓他看起來更像是精心計算過每一步。

是我太敏感了嗎……？

當利元這樣想時，那個男人猛然將手伸進口袋裡，突然，一切看起來都像是慢動作般，男人把手從外套裡抽出來時，金屬發出的冷光映入利元的眼簾。當他「啊！」地吐出了短短一聲驚呼時，男人低聲說道。

「去死吧，羅莫諾索夫。」

同時，他完全將手掏了出來，用槍指向了利元。利元瞪大的視野裡映入了冰冷的金屬槍口，也看到了米哈伊伸出手來大喊著什麼，霎那間，耳邊響起了打雷般的巨響。

砰——

驚悚的聲音彷彿要刺破耳膜，利元瞪大眼睛，愣在原地，有種世界好像靜止了的微妙錯覺。灰色天空朝著他墜落而來，地板也全都浮了起來，包圍在四周的空氣壓迫著他的肺部……

他好不容易脫離衝擊時，偷襲他的男人已經不在了。利元慌張地四處查看，他再怎麼看，都發現自己連一根手指都沒被傷到。這到底是怎麼回事?!他很快就得到了答案。利元在看到倒在腳邊的白髮老紳士的瞬間，不自覺地大叫。

「……啊！」

粗啞的聲音硬是穿越氣管，衝了出來，利元根本不知道該怎麼稱呼他，也完全不知道該怎麼做。見慌張的利元僵在那裡時，米哈伊伸出手來。

「你沒……受傷吧？」

聽到他跟平時一樣平靜的聲音，利元急忙搖搖頭。

「我沒事，我來叫救護車，你先不要說話。」

米哈伊見利元慌張地說著，露出了淺淺的微笑。

「你沒事就好。」

米哈伊的話就到此為止，他沒有再說話了。利元後來才發現到他身上有血跡，一開始只是一片小小的血漬，但很快就像花朵綻放一樣擴散開來。就在利元慌張猶豫的時候，持續出血的米哈伊身體下方已經積起了一灘血。看到他這個樣子，利元才驚慌地叫道。

「有人能、叫救護車……這裡有緊急傷患！請幫我叫救護車！」

聽到他急迫地大喊，路過的人都訝異地看著他，利元抓著米哈伊不自覺地喊道。

「他是我父親……！」

𝄞 𝄞 𝄞

♪♬♩♬♬♪♬♩……

戴著耳機哼著歌坐著的男人，任誰來看都像是來享受悠閒的下午茶時光的。他戴著深色的墨鏡坐在咖啡店內的窗戶旁，在一杯濃縮咖啡前悠閒地讀著報紙，嘴邊哼著流行歌的歌詞。就在他從報紙上移開視線，將手伸向濃縮咖啡杯的時候。

啊。

隱約聽到槍聲的狄米特里嘴角浮現出淺淺的微笑。

「賓果。」

@ @ @

掛著的點滴浮出小小的氣泡，滿滿的點滴不知不覺已經滴到剩下三分之一了。利元沉默地看著臉色蒼白的米哈伊，他想不起來他們是怎麼來到醫院的，腦袋變得一片空白，什麼都不記得了。而他現在也一樣，只是呆呆地看著躺著的男人。

他一個人守著安靜的病房時，突然聽到急切的敲門聲，眼熟的男人很快跑了進來。

「羅莫諾索夫先生！」

臉色鐵青的男人是米哈伊的心腹雷普。利元站了起來，但他彷彿根本沒看到利元似的直接衝過來。雷普四處觀察米哈伊的狀態，把矛頭指向了利元。

「這到底是怎麼回事?!」

利元用苦澀的表情回答。

「我們一起從美術館裡走出來時，有個從沒見過的男人突然襲擊我們……」

「是哪個傢伙，竟敢……！」

如果雷普知道米哈伊是為了保護利元而受傷，他可能會先教訓利元一頓。利元用不知所措的心情閉上了嘴，不禁看向了父親。利元愣愣地低頭看著他，心情一片複雜。

米哈伊受傷的消息傳開了，醫院裡滿滿都是羅莫諾索夫的組織成員，他們的蹤影遍布病房內外。以防再次遭到襲擊，組織成員徹夜守護著米哈伊的病房。

過了午夜，米哈伊終於清醒過來，守著病房的利元一看到他睜開眼睛，立刻問道。

「你還好嗎？」

米哈伊一臉疲倦地躺著，呆呆地眨了幾下眼睛，利元急忙說道。

「這裡是醫院，你中槍後立刻就被送來這裡了。」

說明著的利元突然感到有些困惑，米哈伊會受傷是因為自己，這個人該不會是想利用這個藉口把我留在身邊吧？

不自覺浮現的想法似乎也顯露在了臉上，米哈伊對著利元苦笑，利元也尷尬地回以微笑。米哈伊立刻轉移了話題。

「我聽到嘈雜的聲音。」

原以為他失去了意識，但他似乎都聽到了。利元老實地回答。

「可能是因為組織成員守在周圍的關係。」

利元的話還說到一半，米哈伊就咋了咋舌。等利元說完，米哈伊便開口道。

「這又沒什麼……最近的人實在是太膽小了，對吧？」

米哈伊就像是希望他附和自己似的說出了這句話。相反的，利元卻替他們辯解道。

「大家都拚命守在周圍，醫療團隊出入時也很嚴格……」

話還沒說完，利元就閉上了嘴巴。我為什麼還要說這些事情呢？米哈伊看著再次陷入沉默的利元說道。

「這也許是我的錯。」

聽到他突然這樣說，利元愣住了，米哈伊凝視著利元說道。

「你身上既然流著我的血，就不可能完全脫身。」

平靜的聲音繼續傳來。

「我只是想要守護你……我認為現在的我已經有足夠的力量，本來我很有自信地認為讓你待在我身邊就能保護你不出事。」

米哈伊停頓了一下，自嘲地補充道。

「看來是我太自負了。」

利元一言不發地看著米哈伊，一股沉重的靜默擴散開來。好一陣子沒說話的利元正想要開口，一陣急促的敲門聲就傳來，他急忙站起來走到門旁，從小小的門縫間看見了雷普的臉。

「我有些話想說，請問羅莫諾索夫先生醒來了嗎？」

聽到充滿不安的聲音，利元回答道。

「他醒來了，請進……」

利元的話還沒說完，雷普就急忙把門打開，差點被門撞到的利元千鈞一髮地退到後面。雷普目不斜視地急忙跑到床旁，在米哈伊身旁跪了下來。

「羅莫諾索夫先生，您恢復意識了！真是太好了，您知道我有多擔心您嗎……！感謝神！」

米哈伊用冷靜的表情俯視著懇切地念著祈禱文的雷普。

「不要再說了，雷普，只不過是一點槍傷就大呼小叫的。」

他嚴厲的聲音與面對利元時的虛弱樣子完全不同，利元好像第一次看到了父親被稱作獅子的樣貌。在默默注視著父親的利元面前，米哈伊十分輕易地恢復了原本的模樣。利元突然想到，媽媽也見過他這一面嗎？

「現在的情況怎麼樣了？是誰在負責指揮？弗拉迪米得嗎？」

「是，目前是那樣沒錯……」

雷普含糊其辭地說完，偷瞄了利元一眼。

「現在尚未有其他對策，還請見諒。」

「我知道了。」

米哈伊冷淡地說道。

「比起那個，凶手找到了嗎？幕後主使者呢？」

「啊，是。」

雷普像是剛剛才突然想起一般，用陰暗的表情回答。

「這件事是賽格耶夫那邊做的。」

米哈伊的眼睛散發出冷酷的光芒，同時，利元的表情變得僵硬。

𝟔 𝟔 𝟔

「你說羅莫諾索夫中槍了？」

聽到凱撒嚴厲的聲音，正在報告的尤里西一陣心驚。

「是，聽說是在大馬路邊被偷襲的，雖然沒有生命危險……」

凱撒沉默地皺了皺眉頭，是誰幹了這種事……？

他有不祥的預感，和羅莫諾索夫的對立日漸加劇的情況下，凶手一定會被認定是賽格耶夫這邊派去的。以米哈伊的個性來說，他絕對不會就這樣不了了之，一定會想辦法揪出幕後主謀。不過很不幸的，連凱撒自己都無法確信這不是賽格耶夫所為，即使自己沒有下令，依然有很多擅作主張的幹部，那些人反而巴不得去刺激羅莫諾索夫。

……一定是這其中的某人。

凱撒瞇起了眼睛，可能的人選像跑馬燈一樣快速從眼前掠過，而後他開口了。

「羅莫諾索夫的兒子怎麼樣了？」

尤里西急忙回答。

「聽說他一直守在羅莫諾索夫身旁照顧他。」

「這樣啊……」

凱撒閉上了嘴，尤里西察言觀色地等待他的下一句話，但凱撒只是深吸一口雪茄，沒有再多說什麼。

——他會拋下你離開的。

凱撒的腦中響起狄米特里的話，不安的種子像蛇一樣在心中盤踞，漸漸擴大。凱撒在白茫茫的煙霧一頭緊皺眉間。這麼結束就太不像話了，他無法相信從一開始就都是謊言。那個親吻、愛撫和那隻手，全都是假的嗎？連那雙凝視著我的眼眸也是？

「你出去吧。」

凱撒久久之後開口道，尤里西嚇得急忙彎腰行禮後就出去了。房門關上，獨自留下的凱撒拿著雪茄、單手支撐著頭。他閉上眼睛，眉間的皺紋卻沒有消失，他輕咬著嘴唇心想道。

回來吧！我還相信著你。

黑暗中的利元陷入了沉思。用嚴肅的表情聽米哈伊說話的忠實僕人雷普也離開了，只剩下他和米哈伊兩人獨處。米哈伊小憩後醒了過來，看到了坐在看護椅上深思著的利元。

「你睡不著嗎？」

聽到平靜的詢問，利元抬起頭來，米哈伊正看著他。

「我在想一些事情。」

聽到利元回答，米哈伊用對雷普截然不同的態度慈祥地看著他。

「你應該累了，快回去吧！醫院是給生病的人待的，不是給好好的人待的地方。」

他的笑臉能讓人忘記他是個沒血沒淚的殘酷黑手黨。媽媽大概也完全不知道吧？看到利元不發一語地看著自己，米哈伊訝異地歪了一下頭。

「你為什麼要用這種表情看著我？」

好一陣子不說話、只是看著米哈伊的利元終於開口。

「……我還是做不到。」

如果爸爸老實說了……

「做不到？」

聽到米哈伊反問，利元靜靜地接著回答。

那時媽媽應該會離開吧。

「我沒有自信能忍受這樣的生活。」

米哈伊臉上的笑容消失了，利元依然用冷靜的聲音繼續說道。

「我有試著想過是否有那種可能，但我還是做不到。我的成長過程十分平凡，這種環境對我來說太刺激了。」

「我……」

倉促開口的米哈伊停了下來，他過了許久，才好不容易張開像是抽搐般顫抖的嘴唇說道。

「還有我在啊……你想讓我做什麼我都會為你做，所以待在我身邊吧，我需要你。」

米哈伊急切地握住利元的手，利元俯視著指節分明、瘦弱的手，再次轉移了視線，看向米哈伊。他的內心沒有熱烈的情緒湧上，甚至無法叫他一聲「爸爸」。

可是就算他再怎麼抗拒，這個人確確實實就是他的父親。

「對不起。」

我無法跟隨你，也無法背叛凱撒。

利元呢喃似的說道。

「我在俄羅斯該做的事情已經結束了，我會離開的。」

最終，利元無法選擇任何一方，剩下的方法就是放開雙方。

米哈伊無法再對兒子下的最終結論多說些什麼，他只是瞪大眼睛、空虛地看著他。利元垂下視線，米哈伊依然抓著利元的手，而利元重新握好那雙手，說道。

「……我很高興能夠見到你。」

米哈伊見利元握著他的手，溫柔地對他微笑，他什麼話都沒說，帶有皺紋的眼角顯露出悔恨和痛苦。米哈伊拉過利元的手，把他抱在懷裡，他第一次好好抱住了自己的兒子，深深地嘆了口氣。

「好，你走吧！」

米哈伊用充滿悲傷的聲音繼續說道。

「我會放你走，不過兒子，你要好好記住，這是我第一次也是最後一次放你走。」

米哈伊鬆開抱著利元的手臂，直視著他。那是不常表現給利元看的、如獅子一般的表情。

「如果哪天我再次找到了你，我就不會再放手了。」

利元見父親的雙眼噙滿了淚水，沉默地面對著他，握住了他放在自己肩膀上的手，靜靜地把他的手拿開後站了起來。米哈伊安靜地看著他直起身子行了禮，做最後的道別。利元接著就轉過身去，長大成人的兒子抬頭挺胸地邁出腳步，毫不猶豫、沒有停下，甚至沒有回頭看他一眼。

關上門之後，米哈伊在虛幻中追逐著兒子消失的蹤影。

౿ ౿ ౿

凱撒出神地望著夜幕低垂的窗外，雖然下班時間已經到了，但他還不打算回去，像往常一樣呆呆地看著灰色的雲層陰森森地聚集。組織內的紛爭和外部的壓力等等的問題堆積如山，但最折磨他的只有一個。

為什麼不打給我……？

凱撒表情嚴肅地凝視著沉默的電話。

喀嚓。

門突然打開，凱撒皺著眉看著進入房間的男人，不管三七二十一，直接開門大步走進來的狄米特里開口道。

「結果還是變成這樣了。」

凱撒不知所以然地瞄了他一眼，狄米特里悠閒地脫下外套回答。

「我雖然知道自己會贏，但如果沒有實際的賭注還是很無聊呢？早知道這樣我就應該賭個一百萬盧布的。」

「說重點。」

凱撒不耐煩地說道。不需要狄米特里來攪局，他現在已經覺得夠煩了。

狄米特里看到凱撒用手指搓揉著眉間的皺紋，閉上眼睛，於是開口。

「那個傢伙好像要離開俄羅斯了喔？」

揉著眉間的手停住了，凱撒睜開眼睛看向他，而狄米特里瞇起了眼睛。

「那個律師，看來終究不會回到你身邊了。」

看到凱撒表情僵硬地看著自己，狄米特里繼續說道。

「他好像要去搭火車，以羅莫諾索夫的兒子來說也太低調了。」

狄米特里慢慢說著，靠坐在辦公桌上。

「我說過了吧？那個傢伙會背叛你、離你而去的。」

凱撒的表情冰冷且僵硬，看到他沉默地望著自己的視線，狄米特里彎下腰，將臉靠了過去。直到快要碰到嘴唇時，狄米特里開口了，他彎下來的細長眼睛帶著冷笑。

「你被拋棄了，凱撒。」

低聲的呢喃夾雜著狄米特里的笑聲，這瞬間，凱撒粗暴地推開了他，快速拿起外套走了出去。

凱撒急忙離開後，狄米特里坐在那裡好一陣子，他瞥了凱撒剛剛坐著的座位一眼，輕快地站了起來，繞到書桌後方，放鬆地坐進舒服的牛皮椅子裡。他若無其事地拿起辦公室的電話，按了按鈕，聽到幾次撥號音響起，接起電話的聲音隨後傳來，狄米特里用完全不同於剛剛的聲音，極具事務性地開口了。

「沙皇離開了。啊啊，是的，那當然，我一提起律師的事，他立刻就飛奔出去了，我很確定羅莫諾索夫和沙皇有關。」

狄米特里淡淡地繼續說道。

「我想再多花時間也沒有意義，我們已經給了足夠多的機會。」

他的雙眼顯露著銳利的光芒，嘴角也泛起冷笑。

「我們不需要不以純俄羅斯人為傲的老大。」

◎ ◎ ◎

火車月臺上幾乎不見人影，等清掃月臺的員工離開後，就只剩下利元一個人了。他拿著裝有少量行李的包包，望向遠方，利元甚至沒跟親朋好友好好道別，就逃也似的來到了這裡。

當他回想起鄰居和朋友的臉時，他看到了遠處火車的輪廓。在他的凝視中，遠方的火車快速駛來，而利元只是愣愣地看著它靠近。

利元沒有任何留戀也毫不後悔，但是心臟一角總是奇妙地發疼。

以後應該再也無法見到你了吧。

我大概是個膽小鬼或是懦夫吧，也有可能兩者都是，所以才會像這樣沒有道別就離開。

自己曾有像這樣逃跑過嗎？

利元想了一下，總之他是打算要跟他連絡的，等到了新的城市、落了腳之後，他一定會簡單地跟他打聲招呼的。

只是不會是現在。

「媽的。」

當他低聲罵了髒話，隨便把頭髮撥弄到後方時，他突然聽到腳步聲而轉過頭去。

寂靜的火車站裡沒有任何人，除了利元和那個男人。

凱撒的臉和最後一次看到他的時候並沒有差很多，利元面無表情地看著他。

他怎麼會在這裡？

他只有這個想法而已。當利元出神地望著他時，他看到對方移動了。男人大步走來，掏出了槍，把槍指向自己，扣下了扳機，那一切就像是慢動作一樣呈現在利元眼前。

砰！

巨大的槍響在耳邊響起，刺痛的感覺同時擴散。

……呃……？

他低頭一看，肩膀上的紅色水珠就逐漸變深，並擴散開來。在感受到疼痛之前，他再次聽到了槍聲，利元就這麼倒在地上，自己的腿映入狼狽地翻滾在地的他的眼簾，當他看到迅速被血浸透的大腿時，凱撒大步走來，再次把槍指向了他。利元抬頭看著凱撒，扭曲著臉開口。

「……我有打算要連絡你的。」

凱撒笑了一下。

「什麼時候？」

利元無話可說，凱撒露出「我就知道」的表情，瞇起了眼睛。

「是你把我變成這樣的。」

低聲的呢喃化為氣息飄散過來，當利元的眼睛與如下著雪的灰色天空般陰暗潮溼的眼眸對上的瞬間，他止住了呼吸。同時，凱撒扣下了扳機。

砰！

聽到如雷般的槍響，利元失去了意識。

熱辣的痛楚包裹著全身，喉嚨乾渴且刺痛，渾身像是正在燃燒一般……

利元好不容易喘著氣、睜開了眼睛，好一陣子都沒有察覺到自己身處於何處，天花板在旋轉，地板也不停晃動，空氣更是冰冷無比。他再次閉上眼睛後，才發現有問題的是自己。

「嗯……」

利元皺著眉頭，咬住嘴唇，他的體內有一種異物感，身體的狀況糟糕到甚至分辨不出究竟是身子的哪裡感到不對勁。他不自覺地動了一下腰部，感受著身體內側陌生的感覺，睜開了眼睛，好像有某個東西在撫摸著內臟。當從下面進來的異物細膩地按壓著體內的期間，利元的視野比剛剛變得更清晰了，但全身依然有種漂浮著的感覺。他喘著氣，呆呆地眨了眨眼睛，這時，有一道熟悉的聲音從上方傳來。

「你醒啦。」

凱撒用足以讓全身凍僵的冰冷聲音開口。當利元發現對方正從上方看著自己時，他就已經很震驚了，但更令他感到衝擊的是，凱撒全身是光裸著的，而且脫光的不只有他，他們兩人在床上裸身相對。

感到驚嚇的利元眨了好幾次眼睛，想要了解現在到底是怎麼回事。不會吧？我是在作夢嗎？他在一瞬間雖然想要逃避現實，但全身感受到的痛楚太過真實，他才想起自己中槍了。

「你這是在做什麼……！」

利元訝異地發出尖叫，立刻抬腿踢向凱撒。他聽到一道悶響，體內的某個東西離開了，一瞬間，利元的肚子裡有種空蕩的虛脫感，讓他不自覺地倒抽一口氣。

利元根本沒有猶豫的時間，他咬牙急忙想要起身，但凱撒同時在背後抓住他的腳踝，就這樣把他拉了過去。

「啊啊——！」

淒慘的叫聲從喉底迸發而出，極端的痛楚擴散全身，利元趴下來喘著氣，承受令人暈眩的疼痛。凱撒一如往常地以無情的聲音，在他上方開口。

「你最好乖乖別動，因為我有可能會讓你一輩子都無法走路。」

聽到那句話，利元慌張地轉身確認自己的腿，纏著厚厚一層繃帶的大腿已經滲出血來，不只有那裡在發疼，每當呼吸時，被貫穿的肚子也痛得令人抓狂。利元咬著牙，氣喘吁吁地瞪著凱撒。

「你知道你現在在做什麼嗎？這可是綁架。」

「對。」

凱撒無所謂地開口。

「我還會強暴你。」

剎那間，利元身上起了雞皮疙瘩，這個男人是真心的嗎？利元瞪大眼睛，就這樣僵住了。凱撒伸出手來，而利元反射性地想要後退，他就立刻抓住利元受傷的腿，粗暴地將他拉了過來。

無法忍受的疼痛蔓延開來，利元再次發出慘叫。

利元咬著牙，雙眼噙滿了淚水，但他打死都不想讓凱撒看到自己脆弱的樣子。他感覺到凱撒從後方靠近，利元握緊唯一沒事的手，朝著凱撒揮過去，不過很可惜的，他沒能打中。他很快就被抓住了另一邊肩膀，同時，凱撒在厚厚的繃帶上用力捏了下去。

一瞬間，利元失去了意識，他第一次體驗到什麼是昏厥，甚至不知道自己發生了什麼事。他皺著眉頭拚命回神，這時感覺到下方的腿被掰開了，霎那間，利元感到驚愕不已。

剛剛那個感覺不會是……

很不幸的，那令人毛骨悚然的想像成為了現實，利元看到凱撒的陰莖氣憤地勃起到可以碰到肚子的程度，原來在利元恢復意識之前，凱撒一直把那個插在自己的肚子裡。

「你這個瘋子，你這是做什麼？放開，快放開我！」

聽到利元粗魯地大叫，凱撒露出了冷笑。

「你是不知道才問的嗎？」

「不知道，我不知道所以放開！」

凱撒發出譏諷似的嘆息。

「你拋棄了我。」

這瞬間，利元忘了自己該說什麼，拋棄？誰拋棄誰？

利元確實沒有連絡就離開了他身邊，不過那又如何？

這個瘋子。

利元因憤怒而紅了眼眶。

「你跟我有什麼關係嗎？」

聽到他尖銳的問題，凱撒愣住了。利元用力踢開身處於自己雙腿之間的男人，咬牙切齒道。

「接吻？愛撫？那跟路過的乞丐都可以做。你跟我是什麼關係？我拋棄你？哈，別開玩笑了，你跟我從一開始就什麼都不是！」

這個瞬間，堅硬高聳、粗大又熱燙的東西立刻捅了進來。

「啊——……呃！」

利元剎那間尖叫出聲，不是因為槍傷的痛，而是身體深處感受到了更深沉的撕裂感。利元一臉蒼白地喘著氣，艱難地垂下視線。火辣的痛覺從肩膀開始，他從被繃帶仔細包裹著的肩膀往下看，包覆著繃帶的肚子映入眼簾。每當他一呼吸，就會感受到灼熱刺痛的腹部下方，包裹著繃帶的大腿也進入視野之中。

接著。

在無力張開的雙腿之間，男人的身體進來了。這令人無法置信的光景讓利元瞪大了眼睛。

「你問我我們是什麼關係？」

凱撒低沉的聲音讓人有種不祥的預感。

「你再說一次試試看。」

凱撒就這樣把腰撞了上來，尖叫聲從利元的嘴裡迸出，痛覺在眼前蔓延開來，呼吸不自覺地變得粗重。利元咬著牙想要向前逃跑，凱撒卻抓住他的腰用力拉了過來，利元就那麼被拖了過去，下方被粗魯地貫穿。利元發出尖叫，同時整個頭往後仰，而凱撒只是用冷酷的視線俯視著他。

「什麼關係都沒有嗎？」

凱撒的聲音激烈地響起。

「我對你來說什麼都不是嗎？」

隨著猛烈的質問，他很快又用力頂了進去。利元咬緊牙關，閉上眼睛，他本能地領悟到凱撒真的會殺了自己。當利元再次把眼睛睜開，他的眼裡已經滿是可怕的殺氣。

「該死的黑手黨，別說廢話了，你想幹就給我安靜地幹。」

凱撒的表情隨著用力咬緊臼齒的聲音變得很可怕，他掐住了利元的脖子，爆出青筋的大手直接堵住了利元的氣管。無法呼吸的利元抓住他的手臂，想要強行將它扯開，卻行不通，掐著脖子的手越來越用力，利元的臉立刻漲紅。

凱撒冷冷地看著呼吸變得急促、顫抖著的利元，掐著他的脖子擺動著腰。在張開的雙腳之間，男人憤怒的性器捅了進去。

「跟乞丐都可以做？」

黯淡的灰色眼眸染上黑色，瞪著利元，這時他的腰也持續動著。利元不斷聽到肉體相碰的聲音，因吸不到空氣而喘著氣，拚命想拉開凱撒的手，凱撒卻不為所動。他持續掐著利元的脖子，粗魯地進出他的身體，在因憤怒和激情而變得急促的呼吸中說道。

「那我就把你幹到死為止。」

像是乾冰般冷漠又乾枯的眼眸散發出冷光的瞬間，嘴唇粗暴地壓了下來。利元因氣氣不足和疼痛感到恍惚，但他本能地知道這只不過是個開始，恐懼占據了他的腦海。

「滾開……！」

利元用盡力氣把凱撒推開，當他翻過上半身，用手臂撐起身體時，立刻感覺到有東西從下半身抽離，身體頓時變得無力。他慘叫般地喘著氣，再次摔倒，凱撒抓住他的腰，把他拉了過來，利元在床單上毫無抵抗之力地被拖過去。他嚇得抬起頭來，看到凱撒面無表情地俯視著自己，瞬間起了雞皮疙瘩。他後來才發現不是自己推開了他，而是凱撒放開了自己。

他逃不掉的。

就像是警告般，腦海中浮現出了這個想法。

絕對逃不掉，除非這個男人放了他。

凱撒看著嚇得臉色慘白的利元，將他的腳大大敞開，側躺的利元的腳像剪刀一般張開，而男人理所當然似的把自己的陰莖插進些微露出的縫隙裡。

「……哈啊……！」

粗暴的插入讓利元無法忍耐地再次尖叫出聲，他後來才咬緊牙關，抓住了床單，痛楚在顫抖著的全身擴散開來。他感受到眼前漸漸變得一片黑，疼痛和被侮辱感同時滲透全身。凱撒把利元的腿放在自己粗壯的大腿上快速進出，每當陽具刺激著內側，利元就感覺自己快要昏了過去，他雖然想要逃跑，但包裹著繃帶的傷口背叛了他的意志。

利元掙扎著想要退開，卻被凱撒抓住了肩膀，他的大手用力按住了傷口，利元立刻發出可怕的尖叫聲，但是凱撒沒有放開他，反而更加用力地按住了他的肩膀。

不知不覺，肩膀漸漸被浸溼，傷口裂開，鮮血浸染了繃帶和床單。利元轉移著模糊的視線，看到凱撒強而有力的手握住了自己被血染溼的肩膀。

利元無法克制地流下了淚水，他雖然氣憤，卻只能咬緊牙關，什麼都做不到，只能張開雙腿任由凱撒進出。

「你這個混帳……禽獸。」

利元氣喘吁吁地辱罵他，他知道自己能做到的只有這個，所以氣得快要發瘋了，但他得到的只有凱撒陰森的冷笑。他就像是在嘲笑他一般粗暴擺動著腰，讓利元只能驚聲尖叫。

在流血、尖叫和辱罵中，凱撒都沒有停止動作，他持續地進出利元的體內，不斷地抽插。凱撒粗暴地擺動著身體，看著利元臉上流露出的憎惡、憤怒、挫折和痛苦，和人偶一樣毫無表情。

利元似乎暫時失去了意識，他吃力地睜開眼睛，天花板依然在晃動。男人在自己上方持續抽插著，比起視覺，他先用身體感覺到了，占領利元體內的性器依然如故，沒有離開，也沒有萎靡。

利元四肢無力地承受著凱撒累積到極限的憤怒和欲望，他雖然失去意識了好幾次，但每當他睜開眼，這個男人都依然在自己的體內。利元根本感受不到時間的流逝，幾小時，不，說不定已經過了好幾天，在那段期間，他們之間只有無止盡的性愛。利元在朦朧的腦海中諷刺地想著。

如果單方面的洩欲可以算是性愛的話。

「……呼……」

凱撒在利元的上方深深吐了一口氣，微微抖動著身體，利元的肚子裡同時感受到一股熱流，他不知道已經在利元的肚子裡射精了多少次，感覺肚子裡滿滿都是他的精液。凱撒俯視著利元，大汗淋漓的男人凝視著他，從下巴流下來的汗珠滴進利元的嘴裡。看到自己的汗珠滲進從張開的嘴中露出的鮮紅舌頭內，凱撒瞇著眼睛吐出一口氣。

凱撒俯下身子，粗大的陽具隨之再次進入體內，利元瑟縮了一下，凱撒就靠過來親吻住他。每次射精結束，凱撒就會落下非常溫柔的親吻，彷彿這並不是暴力一般偽裝成深情。下方凶猛的禽獸恣意撒野，他的吻卻像談戀愛一樣如此溫暖。

他親吻了利元的眉毛、臉頰、嘴唇後，移到鎖骨，又開始動了起來。利元早已有預感這還沒有結束，他幾乎死心般地放任著再次磨蹭、抽插進來的陰莖，而凱撒在耳邊呢喃道。

「再也沒有人敢說你是處女了。」

他的聲音聽起來有種滿足感，而利元只是皺眉瞪著他，感覺全身好像都麻痺了。他本來以為人類是無法習慣疼痛的，但遇到極端的狀況時好像也並非如此，他無力地垂放著四肢，放任在全身肆虐的痛覺。

凱撒抱起利元的腰，把他拉到自己身上，當利元扭曲著臉，被拉到凱撒的膝蓋上時，凱撒把雙手往後撐，就這麼繼續動著身體，往下看著他。他從利元張開的雙腿間看著堅挺的性器不斷進進出出，每當進出利元的身體時，不知射了多少次的精液就會變成白色的泡沫溢出。瞬間，凱撒的眉頭緊皺，下體變得更加膨大。

「我一直忍耐著。」

凱撒忍耐著不射精，在急促的呼吸中說道。利元只是橫躺著瞪著他，流露出「你別開玩笑了」的眼神。被折磨到體無完膚的利元氣勢依然不輸人，凱撒的嘴邊泛起嘲諷的冷笑。

「我以為總有一天你會接受我，所以像隻狗似的等待著。」

他輕輕擺動腰部，想彈簧般出入利元的體內。每當他拔出後再進入，利元都會緊皺眉頭，凱撒的呼吸卻會變得急促。

「可是你卻說我們什麼關係都不是？」

利元用可怖的表情瞪著凱撒。

「別開玩笑了……！你以為這是誰的錯……?!」

聽到利元咬牙說出的話，凱撒的眼角顯露出受傷的神情。

「你不是想要拋下我逃跑嗎？這總要付出代價。」

凱撒把身子靠在他身上，性器暫時拔出，再次與下身的嫩肉貼合在一起。利元用扭曲的表情吞下痛苦的呻吟，凱撒撫摸著利元腫脹的嘴唇說道。

「那就來試試看誰會贏好了。」

凱撒用牙齒咬著利元的嘴唇，用力蹭過嘴唇後說著。

「你就等著看，看我不喝醉地做到最後，你會不會還活得好好的。」

接著，凱撒再次把自己的性器埋入了利元的體內。

◎ ◎ ◎

「所以我不是說過好幾次，要當您的對象這件事非同小可，一定要分散幾個人來做嗎？」

利元閉著眼睛聽著抱怨的聲音從近處傳來。他回憶著模糊的記憶，隱約想起他是在凱撒家裡見到過的醫生，而他的腦袋上方正好傳來熟悉的聲音。

「快點治療。」

突然感覺到肩膀的疼痛，利元不禁皺起了眉頭，而凱撒抱住了利元的身體。

「噓……沒事的。」

他溫暖的嘴唇親吻了利元的太陽穴。

「別哭，沒事的。」

利元沒有哭，雖然很想朝著他氣憤地揮拳，但身體根本動彈不得。醫生看著四肢無力的利元，黯淡地回答。

「請您忍耐一下吧，做到這種程度他會死掉的。」

聽到他惋惜的聲音，凱撒不帶感情地回答。

「這傢伙可以的。」

意外的回應讓醫生慌張地眨了眨眼睛，他急忙說道。

「啊啊，當然他的體力是真的很好，竟然能承受您到這種程度，簡直可以創下金氏世界紀錄了。不過您還是要記住他也是人，必須讓他休息……」

凱撒沒有回答，只是輕輕撥開黏在利元臉上的頭髮。利元感覺到醫生用繃帶在自己的腿上包紮，覺得刺痛而不禁皺起了眉頭，而凱撒的嘴唇立刻落在他變窄的眉間。

「那我把藥放在這裡，一定要按時讓他吃……請不要忘了，因為是抗生素，一定要讓他服用。」

醫生再三囑咐後，走出了房間。聽到遠離的腳步聲，門隨即被關上了，那道聲音就像是訊號般，利元睜開了眼睛。

不會吧？

利元雖然感到不安，但他的預測沒有錯。利元依然全身光裸，身上到處都是乾掉的和新射出來的精液。凱撒在利元的背後抱著他，緊緊相連的身體很明顯是脫光的。他竟然在滿是性愛痕跡的床上，脫光地躺著讓人進到房間裡。

他的下身已經沒有任何感覺了，但肚子裡依然鼓脹著，不知是凱撒多次射出的精液，還是別的東西造成的，利元害怕確認，而不敢看向下方。

雖說是為了治療傷口而來的，但竟然敢治療以這個樣子躺著的人，那個醫生以某種意義上來說也是很了不起。凱撒沒注意到利元睜開了眼睛，在身後抱緊了他的腰，利元同時感覺到肚子裡動了動，他果然還在自己體內。

利元不禁皺起了眉頭，卻什麼都沒說，反正說了他也不會聽，只會像禽獸一樣抽插個不停。只要稍微挪動，就能感覺到凱撒的精液從下身流出，利元咬住嘴唇，這個男人不分晝夜地整整做了一個禮拜，卻還是勃起的狀態。利元感受著下方的堅挺之物，閉上眼睛做好心理準備，他可能又要開始了。但他再怎麼等，也沒有感受到挺進來的刺痛感，凱撒只是把性器留在裡面而已。

凱撒在背後緊緊抱著利元，在他的肌膚、頭髮、脖子和肩膀上親吻。反覆的吻比起欲望，更能感覺到另一種情緒，利元輕輕咬住嘴唇，被這樣對待，他是絕對不會原諒凱撒的，就算突然產生想撫摸他的頭的心情，那也完全是兩碼子事。

嘴唇落在肩胛骨上，利元突然感受到一陣嘆息。凱撒靜靜地含住他的耳朵，利元硬是壓抑住不自覺發出的呻吟，而凱撒像是嘆息般呢喃道。

「下次我真的會殺了你。」

對於充滿惋惜的低語，利元並沒有做出反應，他只是閉上眼睛，平穩地呼出氣息裝睡。凱撒將臉埋在利元的肩膀上，利元感受到他咬緊了牙關，隨即嘆了口氣後呢喃道。

「所以別逃。」

低聲細語的同時，凱撒靜靜抱住了利元，利元背對著那樣的他咬住嘴唇。凱撒維持那樣的狀態就沒有再動了，他抱著利元的手臂使著勁，但也僅此而已，直到利元再次睡著前，他都沒有鬆開抱著他的腰的手。

6 6 6

跟外觀一樣寬廣的宅邸，它的走道也沒有盡頭。受邀的男人發出規律的腳步聲走著，一邊觀察著隔著固定間隔放置的藝術品。男人心想這裡的屋主嗜好還挺高雅的，身為羅莫諾索夫的首領，果然就會擁有如此程度的興趣嗎？

當他不自覺地露出微笑時，前方的管家停下腳步，打開了會客室的門。男人簡單地點頭行禮後走了進去，見到一位老紳士坐在裡頭望著自己。

米哈伊．羅莫諾索夫，老獅子羅莫諾索夫。

他雖然年老力衰，但獅子依然是獅子，男人感受著注視自己的銳利眼光，摘下了戴著的紳士帽。米哈伊用打探的眼光看著男人開口。

「你就是雷歐尼得？」

米哈伊靜靜地問道。

「只要對報酬滿意，不論什麼事情你都可以幫忙解決？」

「大部分都是如此。」

雷歐尼得露出微笑，只要見到他親切的微笑，誰都會無法想像到他是一名專業殺手。

米哈伊沒有拖延，立刻切入正題。

「我想請你幫我找一個人。」

聽到這句話，管家立刻靠過來把照片放到桌上。雷歐尼得不經意地拿起了照片，卻嚇了一跳，而米哈伊繼續說道。

「這是我兒子，他在一個禮拜前突然消失了。他說要離開這個國家，可是飛機或船班都找不到他的名字。我找到了唯一的目擊者，但他說他看到某個男人把我兒子帶上車載走了。」

米哈伊的臉色沉了下來。

「一定是賽格耶夫的接班人幹的好事，立刻幫我找出我兒子，你要多少我都會付給你。」

他看著雷歐尼得拿著照片說道。

「還有，賽格耶夫的接班人也一起處理掉。」

米哈伊的聲音裡充滿了怨恨，雷歐尼得對年邁獅子鬱悶且憤怒的咆哮表示認同。他確認照片後開口道。

「你說這個人是你的兒子……？」

6 6 6

利元發愣地躺著，看著天花板，被槍射傷後被拖來這裡已經過了十天，他還是一直躺在床上。無止盡的性愛持續了八天後終於畫下了休止符，而且那也是因為利元失血過多，必須緊急輸血的關係，不然在那之後還要持續多久，他根本無法想像。

不過在那之後依然毫無改變，利元還是被凱撒關在這裡，現在即使可以推開凱撒，也無法離開這裡，因為以他的狀況來說根本無法下床。利元躺在好不容易才搬來的新床鋪上，無事可做的他只能數著天花板的紋路，朦朧的腦海中一想到未來的事就覺得鬱悶。

米哈伊如果知道了這件事，一定會想殺了凱撒，搞不好還會引發戰爭。凱撒也隨時想殺了米哈伊，就算叫他們不要這樣，他們也不會聽，而且利元也沒有那種權力。反正自己就是徹底的外人，他也希望能是如此，他絕對不想介入兩人之間，結果卻深深地介入了。

利元煩悶地嘆了口氣，突然看到窗外正在下雪，只能乖乖躺著的利元看著羽毛般的白雪飄蕩，心也跟著動搖了。利元看了窗外好一陣子後，慢慢直起了身子。

「呃！」

每當挪動身體，全身就會感受到痛楚。利元忍耐著疼痛，扭曲著臉好不容易站了起來，搖搖晃晃地朝著門走去。

「……嗯，我知道，我現在就過去。」

凱撒一邊扣上手腕上的袖釦，一邊用肩膀夾著手機說道。

「不知道，可能需要一小時吧？因為好像開始下雪了……」

他說著話，一面看向窗外，卻突然停住了，他看到窗外有一名高個子的男人走了過去。凱撒望著穿著如雪一般的白襯衫，下面什麼都沒穿，搖搖晃晃地踩著雪走過去的背影說道。

「不，我可能需要兩個小時。」

腳底傳來踩過雪地的聲音，利元慢慢移動著腳步，輕輕吐出了舌頭，雪花一碰到舌頭，立刻化為水消失了。赤腳踩著的雪冷得可怕，但利元不想回去，從鼻尖蔓延的冰冷空氣似乎讓肺被淨化了。

這麼一想，我好久沒有抽菸了……

他驚訝於自己竟然沒有想抽菸的欲望，這時，背後傳來腳步聲，利元轉過頭去，果然看到了凱撒。

他是不是以為我想要逃跑呢？

利元一邊一想著，一邊瞄向了他的手，他的手是空著的。凱撒發現利元正看著自己的手，笑了一下，就像是看穿了利元的心思。

「就算你再怎麼厲害，用那種身體也無法逃跑。」

「因為我中槍了？還是因為被你幹個沒完？」

聽到利元挖苦的話，凱撒聳了聳肩。

「我不會再開槍了，與其這樣，倒不如享受一下。」

利元用凶狠的眼神瞪了他一眼。

「享受的人只有你吧？。」

凱撒厚著臉皮說。

「有一個人享受，總比起兩個人都無聊來得好吧？」

利元很想抓起一把雪丟過去，但現在已經是利元的極限了，在這種狀態下，他連一百公尺都走不了，光是來到這裡就快要昏倒了。凱撒見他臉色很快變得蒼白，喘不過氣來，便走過來將大衣脫下來披在他身上。凱撒的毛皮大衣對利元來說有點大，但感覺還不錯。

凱撒靜靜地看著利元，用手指撫摸他的臉。指節修長的手輕輕拂過臉頰，溫熱的觸感稍作停留後，很快就消失了，而利元不發一語。

凱撒默默地俯視著他，歪過了頭，嘴唇疊了上來，利元卻沒有閃躲。冰冷的身上只有嘴唇感受到溫暖，舌頭漸漸交纏，嘴唇互碰。利元接受了他的吻，但是沒有抱住他的腰部或是撫摸他的臉頰，只是放任著他，就像一直以來單方面被強迫的性愛一樣。

攪動舌頭、交換唾液的凱撒抬起頭來，他看到利元面無表情地看著自己，露出驚訝的表情。

「我還以為你會咬我的舌頭。」

他似乎無法相信利元會靜靜地接受他的吻，利元立刻狠狠瞪著他說道。

「你以為我會如你所願嗎？」

「啊哈哈哈哈。」

凱撒竟然放聲大笑，似乎真的感到很愉快似的。看到他甚至彎腰笑了好一陣子，利元不禁皺眉。

我剛剛應該直接咬下去的。

好不容易止住笑意的凱撒突然抱住利元的腰，身體立刻交疊著，一起倒了下去。凱撒看著躺在自己身上的利元，靜靜撫摸著他的臉頰，開口道。

「我要去開幹部會議。」

這時利元才發現他穿了全套的西裝，凱撒躺在雪上，看著利元說道。

「不會很久，很快就會結束。」

利元還是沒有說話，只是看著凱撒。凱撒伸出手來，把利元的頭拉過來親吻他，利元只是被動地接受著，凱撒帶著遺憾和嘆息舔弄他的口腔，而利元依然沒有做出反應。撫摸臉頰的手經過脖子往下，在薄襯衫上撫摸利元的身體，接著將襯衫掀起來，捏住了利元的屁股。一瞬間，利元全身變得僵硬。嘴唇分開了，凱撒和利元沉默地對看著。

「……我去去就回。」

凱撒說道，而利元沒有回答。凱撒露出「他就知道會這樣」的苦笑。面對有點溼潤的銀灰色瞳孔，利元直到最後都沒有表現出任何情感。

૭ ૭ ૭

位於城市郊區的俱樂部離凱撒的別墅不遠，車子穿越開始堆積的雪，抵達了狄米特里的俱樂部。凱撒越過入口處嚴格監視周圍的男人們，熟練地走了進去。今天是俱樂部的公休日，完全不見平時喧鬧的景象。別說是音樂了，在連一根針掉下去的聲音都聽得到的寂靜中，凱撒被帶到最裡面的包廂內。

凱撒經過開了門後退下的服務生走了進去，大部分的幹部都已經坐在裡面了。原本喝酒聊著天的幹部看到凱撒，全都瞬間閉上嘴巴，放下酒杯，剎那間便冰冷地沉默了下來，大家都用生疏且微妙的視線望向凱撒。

「喔，歡迎你來，沙皇。」

狄米特里突然出現在凱撒身後，輕輕拍了拍他的肩膀。凱撒回過頭看到狄米特里從容地笑著，指向了上座。

「這是王的寶座。」

聽到狄米特里的話，凱撒皺著眉頭，覺得他又在說廢話，但他沒有說什麼就走了過去。在一片死寂中，凱撒的腳步聲不祥地響起。

「來，那大家都到齊了，我們就開始吧？」

狄米特里開朗地笑了笑，一屁股坐到凱撒身旁。杜切夫坐在狄米特里的對桌，同時也是凱撒的斜對面，他看著狄米特里，露出淺淺的微笑。

「好啊！」

放在幹部面前的酒杯都被倒滿了酒，大家一起大喊乾杯後，都一口氣喝乾了。凱撒也把手上的酒杯喝乾後，放了下來。狄米特里靜靜地看著他把酒喝完，再次替他斟滿了酒。

「你最近狀況一直都不太好，現在好像好多了吧？」

「算是吧。」

凱撒不帶感情地回答，再次喝光酒杯裡的酒。狄米特里快速倒了酒後，繼續說道。

「剛好大家都在說幸好你除掉了在你身邊打轉的律師，而且聽說他是羅莫諾索夫不為人知的兒子？」

聽到狄米特里的話，附和的聲音四處傳來。

「羅莫諾索夫真是沒救了。」

「那種雜種組織，根本不懂得血統的意義。」

「還說什麼他們是非俄羅斯人的組織，我們都要替他們感到不好意思了。」

大家沒有放過這個機會地抱怨著，這時突然凱撒開口。

「吵死了。」

他只說了這一句話，就讓所有人都閉上了嘴巴。狄米特里看到幹部們慌張地互看臉色，於是開口道。

「大家只是開個玩笑而已，別這樣嘛，而且那也是事實啊。」

狄米特里露出意味深長的微笑。

「那個律師就是該死的雜種。」

這瞬間，凱撒的眼睛顯露出銳利的光芒，瞪向了狄米特里，包廂內剎那間陷入冰冷的沉默之中。在一片死寂中，凱撒開口了。

「你要是再敢說出那種話，我就把你的舌頭拔掉。」

「為什麼？我只是個開玩笑而已。」

狄米特里尋求認同似的轉頭看向其他幹部，這時杜切夫彷彿等待已久般站了出來。

「反正他們是和我們等級不同的雜種，說他兩句又沒什麼。」

凱撒這次也嚴厲地吐出一句。

「我說我不想聽，別再說了。」

再次陷入一片沉默，對於突然擴散的危險氣氛，大家都無法拿起酒杯，只是觀察著彼此的臉色。在這其中，狄米特里開口了。

「你之前明明不會這樣啊？不管我們開其他人種的玩笑或辱罵他們，你都只是放任著我們不管，為什麼現在態度突然變了？」

凱撒不帶感情地說道。

「取笑別人是不好的行為，看樣子你就是學不會這件事，狄米特里。」

「對，我就是學不會。」

狄米特里瞇著眼睛說道。

「不過我知道混血兒或非俄羅斯人都是垃圾。」

「對，沒錯！」

「我們罵非俄羅斯人又怎麼樣？反正他們連蟲子都不如。」

「踩死他們都不能洩我的憤，都是因為那些傢伙，我們俄羅斯才會無法進步。」

面對幹部異口同聲地爆出不滿的聲浪，凱撒開口了。

「他們有他們的規則，我們也有我們的規則。」

這瞬間，就像在等待著這一刻似的杜切夫喊道。

「我們的規則到底是什麼？都被爬到頭上來了還要忍耐？還是要向非俄羅斯人低頭？」

聽到充滿挑釁的問話，凱撒皺起了眉頭，而其他幹部急忙出面緩頰。

「你怎麼這樣說？沙皇只是要我們更謹慎一點。」

「謹慎？因為這種謹慎，害整個組織都陷入了危機，走在路上，甚至有小孩嘲笑我們是膽小鬼！這件事要怎麼負責？」

杜切夫用激昂的口氣指責凱撒，慌亂的竊竊私語從各處傳來。凱撒一直沉默地看著他，接著才開口。

「那麼，只因為他們不是純俄羅斯人，就要無條件殺光、鎮壓他們嗎？」

「他們從根本上就跟我們留著完全不同的血！」

杜切夫大吼道。

「沙皇也應該要更慎重一點，如果像這樣繼續做出不符合賽格耶夫派宗旨的事情，我就只能上報給薩沙了！」

幹部們全都閉上了嘴，沉默地觀察凱撒的反應。凱撒一言不發地看著杜切夫後，說話了。

「無緣無故地殺人、引發糾紛也不是賽格耶夫的宗旨。總之那是我遇到的事情，我說了沒關係，你們就別管那件事了。」

幹部們在寂靜中默默看著凱撒，正當凱撒一口氣乾掉眼前的酒，放下酒杯的時候。

「所以我才說你不行啊，沙皇。」

隨著低聲呢喃，狄米特里抽出某個東西。因為太過意外了，凱撒無法立即做出反應，而狄米特里呢喃道。

「再見。」

灼熱的疼痛在腹部蔓延開來，凱撒不禁眨了眨眼睛，他立刻感受到自己的襯衫被浸溼了。凝視著自己的人們臉上充滿著殺氣和恐懼，他突然想到了，自己早已預料到總有一天會像這樣結束這一切。

凱撒看著毫不遲疑地將刀刺進自己肚子裡的男人，湧出的血液讓腳邊都溼透了，他無法控制無力彎下的膝蓋，將手伸了出來，被血染紅的手抓住了男人的肩膀，雪白的西裝很快就被染紅了，男人朝著自己微笑著呢喃道。

「我不是說過了嗎？只要有錢，我什麼都幹得出來。」

啊啊，是啊。

凱撒心想。

我錯了，我竟然相信了你。

凱撒的視野變得模糊，嘴角泛出冷笑。聽說歷史會重複上演，真是諷刺，自己的下場竟然跟名字的主人一樣。凱撒伸出了手，將頭傾斜後閉上眼睛，冰冷的嘴唇相碰，讓狄米特里驚訝地瞪大了眼睛，凱撒將嘴唇抽離後，笑了一下。

「狄米特里，連你也……」

凱撒發出夾雜著笑容、如嘆息般的呢喃後，閉上了眼睛。

ด ด ด

利元感受著全身快要撕裂般的疼痛，醒了過來。自己似乎在不知不覺間睡著了，他無力地扭動著身體，坐了起來。原本下著的雨已變成了紛飛大雪，他呆呆地看著雪傾瀉而下。

他突然有種想要放棄一切的想法，他放不下也抓不住，在進退兩難的情況下，利元覺得又煩又累。而且他想到如果自己又逃跑了，他這次會開槍射穿我的心臟吧。極度有可能發生的想像讓利元不禁起了雞皮疙瘩。

這時窗外傳來了車子的引擎聲，凱撒似乎回來了，利元不禁皺起了眉頭。他不想用這種樣子待在床上，像是在等他一樣。他雖然可以逃跑，但他沒有，當利元這樣自我合理化之後，他想讓他知道自己並不怕他，利元咬緊牙關，好不容易下了床，跛著腳穿上衣服。

他需要花很長一段時間才能走到外面，沒能找到自己衣服的利元，找出凱撒的衣服穿了上去，寬鬆的褲子可以用腰帶束緊，但光著的腳掌除了拖鞋外沒有鞋子可穿。他沒有辦法，只好穿著拖鞋，慢慢拖著步伐沿著牆走去，他忽然聽到大門外傳來陌生的聲音，停下了腳步。

他聽到的不只有一個人的聲音，似乎混著方言的奇妙俄羅斯語讓利元停下腳步，豎耳傾聽。這時隨著門突然被衝破的聲音，暴風雪一起湧了進來。

「喔，你原來在這裡啊！律師先生。」

利元瞬間嚇得抬起頭來，他看到狄米特里在被砸爛的玄關那頭看著自己。面對意外的情況，利元的眼裡充滿了驚訝，他看著這些突如其來的入侵者們，而狄米特里笑著繼續說道。

「你怎麼會擺出那副表情？看起來有點失望呢。」

狄米特里瞥了利元的全身一眼，看到他那身不合尺寸的衣服，若無其事地再次將視線轉向利元的臉。

「你在等人嗎？」

當利元的表情變得扭曲時，狄米特里無聲地笑了。利元恢復冷靜後開口道。

「請問有什麼事嗎？凱撒現在不在，麻煩你連絡他之後，改天再跟他見面。」

「你說改天嗎？」

狄米特里重複了利元的話，讓利元產生了不祥的預感之時，狄米特里突然招了招手。男人們以此為訊號，直接穿著鞋子走了進來，開始毫無忌憚地在宅邸中翻箱倒櫃。對於這個突發狀況，利元瞬間感到反應不及，不知該如何應對。

狄米特里抓住空隙，從一群無賴中走過來，伸手堵住了利元的嘴，強行把他推到牆上。呻吟聲瞬間在狄米特里的手心中消失，讓利元皺起了眉頭。

他到底是在做什麼?!

利元用可怖的眼神瞪著狄米特里，但他只是冷笑著堵住他的嘴。

「你戀人的血聞起來怎麼樣？」

利元慢了半拍才感覺到令人毛骨悚然的血腥味朝鼻尖襲來，狄米特里摀住利元嘴的手被染得鮮紅。狄米特里對眨著眼睛、半信半疑的利元笑了一下。

「沙皇不會回來了。」

狄米特里低語道。

「永遠不會。」

利元瞪大眼睛，倒抽了一口氣，這是什麼意思……？狄米特里看著因這句令人無法置信的話語而失了魂的利元，滿足似的嘆了口氣。

「看你的表情，都失神了。」

狄米特里愉悅得不得了般，低聲笑道。

「真想就這樣把你的頭砍下來插在花瓶裡。」

利元聽到這令人毛骨悚然的笑聲，起了雞皮疙瘩，狄米特里的頭旋即傾斜，嘴唇要碰觸上來的瞬間，利元察覺到了，這個男人在輕視自己。狄米特里漫不經心地把嘴唇貼過去時，笑了一下。利元從他直視自己的視線中，很明顯地看出了狄米特里的厭惡，利元也跟瞪著自己的狄米特里一樣，沒有閉上眼睛，抱持著同樣的情緒瞪著他。

利元故意張開嘴唇讓他掉以輕心，就在舌頭交纏的瞬間，立刻踢向他的小腿。雖然打著赤腳踢向穿著長靴的男人無法產生什麼威脅性，但也不是沒有效果。嚇到的狄米特里瞬間大意地退後了一步，利元立刻把握機會朝著房間跑去，狄米特里在後頭吹了聲口哨。

「好啊，你快逃吧。我很快就會把你撕成碎片。」

他在後方大笑出聲。利元關上門後急忙鎖上，趕緊環視周遭，他為了拖延時間而進到房內，但他只有一個打算。利元跛著腳把家具推向門邊，把門口堵住，以他現在的狀態來說無法跑遠，再加上他們全都有槍，利元處於非常不利的情況。

他暫時把門堵住之後，拖著腳來到窗邊，大大的窗和外面相連。他急忙拿出凱撒的大衣穿上，打開窗戶，就這樣跳了出去。兩層樓高的窗戶雖然讓他有點害怕，但幸好下方積了不少雪，讓他得以緩衝。

他聽到敲門的聲音從上面傳來，利元沒有拖延，立刻動身逃亡。持續下著的雪已經積到膝蓋的高度，他的身體狀況也不太好，他很擔心自己會就這樣死在腳不斷陷下去的雪地裡。但是他要盡可能跑遠一點，現在被逮到一定不得好死。

利元氣喘吁吁，用盡全身的力氣逃跑，他急促的呼吸散在空氣中，讓降下的雪融化在半空中。利元很快就感到疲倦了，他停下腳步喘了口氣，後方卻突然傳出槍響，瞬間有刺痛的感覺擦過臉頰。利元嚇得回過頭看，狄米特里正拿著槍指著他，而從後面跟過來的男人也一致拿槍指著他，讓利元急忙移動了腳步。

槍聲再次響起，這次子彈擦過了手臂，利元盡可能壓低身體，為了逃走，努力在大雪中走了又走，隨後追來的狄米特里的歌聲彷彿就在耳旁繚繞。

「雪地裡的兔子～抓起來後把皮剝掉～」

狄米特里哈哈大笑著，利元繼續咬牙走著。踩著雪的腳步聲從後方傳來，利元越來越喘，感覺腳好像快要斷掉似的疼痛。不對，不只是腳，全身都刺痛得不得了。已經到極限了。

利元心想，自己會不會就這樣淒慘地成為獵物死去呢？

就在那時，小小的洞穴映入了他的眼簾。

踩著雪的聲音就在眼前，利元屏息著把身體壓低，持續累積的雪立刻消除了他的蹤跡。他聽到追逐者的腳步聲越靠越近，男人們夾雜著粗魯的俄羅斯方言說話的聲音傳來，接著他聽到了男人們嘈雜的交談聲，他們就這樣站在原地，觀察四周。

利元深怕他們聽到自己的呼吸聲，便用手堵住了嘴巴。他從低矮的洞口內看到了男人們的腿，大步走來的腳接著就在附近停住了，待在那裡好一陣子，吹了聲口哨的他接著哼唱道。

「兔子在兔子洞裡～」

利元瞬間還以為自己的心臟要停住了，他就那麼屏息、緊繃著身體，其他男人以粗魯的口氣報告搜索毫無結果的消息，而依然哼著歌的狄米特里說話了。

「那就沒辦法了，回去吧。」

男人們看起來迫不急待似的轉過身去，狄米特里的腳卻依然停在那裡。利元的心臟激烈地跳動，感覺就快要從嘴巴裡跳出來了，狄米特里在屏息的利元上方低聲呢喃道。

「下次我會剝了他的皮。」

利元止住了呼吸，狄米特里便轉過身回去了。踩過積雪的腳步聲漸漸遠離，凹陷下去的腳印又慢慢積起了雪，不久後，他們的蹤跡就完全消失了。

當利元判斷自己終於可以安下心來時，太陽已經快要下山了。利元趁洞口被雪完全堵住之前，游泳似的好不容易從裡面爬了出來。附近完全沒有任何人的蹤影，利元氣喘吁吁地慢慢走著，緊張的情緒一放鬆，全身泛起的疼痛再次復甦，讓他疼得快要死了。

「啊！」

膝蓋瞬間變得無力，他直接癱坐在了地上。自己反射性地撐住地面的雙手映入眼簾，他突然回想起躺在白雪上看著自己的凱撒。

不會回來了……？

狄米特里的話像回音般在腦海裡繚繞。怎麼可能？利元心想，凱撒不是說他很快就會回來，叫我等他的嗎？

他明明是這樣說的。

他回想起凝視自己的溼潤眼神、把頭髮往上撩去的溫暖手指、溫柔親吻自己的嘴唇、凝視著自己說出的低聲呢喃。

那明明都是今天早上才發生過的事。

利元無法置信，更何況那是狄米特里說的話，利元很清楚對方討厭自己，搞不好他是為了折磨我才說謊的。沒錯，一定是這樣……！利元這麼想著，努力想站起來，但他的膝蓋立刻又彎了下去，整個臉埋在了雪地裡。

好冷……

利元氣喘吁吁地倒在地上，狄米特里說不定會再過來，雖然他有感覺到狄米特里其實知道自己藏在那裡，卻假裝不知道，但這是不可能的，因為他總是隨時想殺了自己。

我得站起來才行。

利元再次想起凱撒幫自己披上外套時的表情，當他呆呆地眨著眼睛時，某個人的身影映入了他朦朧的視野之中。他原本以為是狄米特里回來了，來的卻只有一個人。

啊。

利元懂了，一定是凱撒回來了。他的嘴角悄悄浮現出微笑，果然沒錯，那一定是謊言。

「利元先生？」

柔和的聲音從頭上傳來，從逐漸變得模糊的意識中，他感覺到溫柔的手指擦過臉頰，眼角突然變得溫暖。

ⵚ ⵚ ⵚ

利元全身發燙，喘不過氣來。他呼吸急促，不斷咳嗽，這時年老乾瘦的手緊緊握住了他的手。

「他真的沒事嗎？他會好起來的吧……？」

聽到米哈伊不安的聲音，另一個男人回答了。

「是的，他只是失溫加上感冒，體力也透支了，可能是因為這樣，體溫才會升得更高。請不用擔心，如果沒有惡化成肺炎，很快就會好起來的。」

米哈伊聽到詳細的說明，用擔心的神情看著利元，利元維持躺著的狀態聽到了他們所有的對話。雷普對毫不離席的米哈伊報告道。

「羅莫諾索夫先生，這件事不管怎麼看，絕對是賽格耶夫那邊幹的。」

他用緊張的聲音繼續說道。

「他們一定是看到我們的接班人突然現身，所以感到緊張了。但是怎麼可以做這種事呢？不可原諒，我們得給他們一點顏色瞧瞧！」

「雖然我也很想這麼做。」

米哈伊皺著眉頭說道。

「但他們現在不是也沒有接班人了嗎？」

……什麼？

利元的眉毛皺了一下，在還沒清醒過來的情況下，奇怪的是，只有聲音聽得異常清楚。米哈伊沒有注意到他的狀態，繼續說道。

「這樣變得很難追究責任了，二當家的杜切夫說他一概不知情，把一切都怪罪給沙皇……現在沙皇死了，怎麼可能得知真相呢？除非我的兒子醒來，向我們說明一切。」

米哈伊擔心地補充道，但利元根本聽不進去，在因高燒而變得恍惚的腦海中，只有一個事實一直繚繞著。

沙皇死了。

凱撒死了……！

——我去去就回。

他想起望著自己的溼潤眼神，眼前瞬間變得一片黑暗，利元就這樣再次失去了意識。

利元再次醒過來時，身旁沒有任何人。他維持閉著眼睛的狀態，呆滯地眨了眨疲憊的雙眼，全身有種下沉的感覺。他曾經也有過這種感受，利元後來才想了起來，對了，那是在凱撒宅邸裡被下藥的時候，不經意回想起來的記憶讓他立刻瞪大了眼睛。

凱撒。

他急忙想要起身，但很快感覺到極度的暈眩。利元咬著牙彎下了身，溫柔的手就從上方抱住了他的肩膀。

「不可以，你不能這樣突然有大動作。」

溫柔的聲音穿越刺痛的腦海鑽了進來，總覺得這道聲音很熟悉。利元流著冷汗，抬起頭來，看到令人無法置信的臉後，嚇得瞪大了眼睛。我是在做夢嗎……？

「……雷歐尼得先生？」

利元半信半疑地說出他的名字，而他如記憶中一般，露出和善的笑容點點頭。

「沒錯，你還記得我啊。」

那當然了，自己因為這個男人差點死掉，利元想起過去的事情，立刻握緊了拳頭。他心想萬一有天再見面，一定要狠狠揍他一拳，難得遇到這麼好的機會，身體狀態卻偏偏這麼糟糕。

與其草率地揮他一拳，利元選擇讓怨恨繼續累積。他好不容易取回理性，問出了浮現在腦海中的第一個疑問。

「你為什麼會在這裡？不會是……」

聽到他沙啞的聲音，雷歐尼得立刻轉過身去，倒了杯水拿過來。利元猶豫地接過了水杯，一口氣喝光，這時雷歐尼得才開了口。

「你的父親，就是米哈伊．羅莫諾索夫是我這次的委託人。」

雷歐尼得笑著繼續接口。

「你竟然是羅莫諾索夫的接班人，讓我嚇了一跳。」

「組織的事情跟我無關。」

利元很想尖銳地大吼，自己的聲音卻沙啞得不得了，當他對無法控制的身體狀態感到不耐煩時，雷歐尼得說話了。

「總之這也是一種緣分呢，我們竟然重逢了，不過我確實很想再見到你一面。」

看到他微笑的臉，利元好不容易撫平心情問道。

「這是怎麼回事？你到底……是怎麼找到我的？」

「羅莫諾索夫先生委託了我。」

雷歐尼得爽快地回答。

「有目擊者看到你被帶走了，我找遍了目擊場所附近，看看是否有賽格耶夫的地盤。我想你可能會在最偏遠的地方，果然如我所料。如果我再晚一點到，你可能就會凍死了。」

他似乎等待利元道謝似的停頓了一下，但利元立刻又問他了。

「那麼你上次也是……？」

聽到利元懷疑的提問，雷歐尼得搖搖頭。

「不是，上次是賽格耶夫的委託，不是接班人，而是反對派的男人委託的。這麼說來，他們這次也是做了相當荒唐的事情。」

聽到最後一句話，利元繃緊了神經。他不會是要說那件事吧？我只是做了夢，那不是真的，絕對不是……！

「竟然想到要殺死接班人，自己繼承組織，你不覺得他們這個想法太可愛了一點嗎？黑手黨就是這樣，就算時代改變了，想法依然都沒變。啊，失禮了。」

話。

雷歐尼得爽快地補上道歉，笑了一下，不過利元笑不出來，他的腦海中只剩下一句

「接班人……死了嗎？」

利元知道自己的聲音在顫抖，但他無法控制。聽到利元好不容易擠出來的話，雷歐尼得若無其事地回答。

「組織內似乎有什麼糾紛，其實羅莫諾索夫這邊也在懷疑，是不是賽格耶夫的接班人綁架了你，曾有一陣子的氣氛幾乎像是要開戰了一樣。現在算是休戰中，我本來想和他再較量一次的，真可惜。」

雷歐尼得笑了一下，繼續說道。

「看來會因為你的一句話，而決定是否要開戰，一切都取決於你的選擇。」

利元不發一語，只是默默地閉上嘴巴。雷歐尼得補充了個人的感想後，俯視著利元。

「對羅莫諾索夫而言這確實是好事。」

利元依然沒有說話，只是失神地望向遠方。雷歐尼得見他的反應微妙，便一直盯著他看，利元像瘋了一般，只是呆呆地坐在那裡，一動也不動。雷歐尼得訝異地抓了抓頭，他的反應怎麼會是如此？

「那麼我去向羅莫諾索夫先生報告，說你恢復意識了……」

他順勢要轉身離開房間時，利元突然抓住了他的手臂。雷歐尼得俯視著他，因他意外

的動作而嚇了一跳，從外表病懨懨的氣色來看，完全看不出來他竟然這麼有力氣。雷歐尼得眨眨眼睛，非常親切地開口。

「有什麼事嗎？你需要什麼嗎？」

他充分發揮天生親切的個性這樣問道，但利元沒有立刻回答。利元只是驚訝地瞪大眼睛，眨了幾下，然後吞了口口水。隨著吞口水的聲音，他的喉結也大幅上下移動。

「那是真的嗎？」

利元用微微顫抖的聲音問道。

「凱撒、沙皇他……死了嗎？那是真的嗎？」

聽到利元接連問道，雷歐尼得訝異地點點頭。

「對，接連幾天都有報導，賽格耶夫那邊也確認過遺體了，而且昨天還舉行了葬禮。」

利元的臉上完全沒了血色，雷歐尼得對他出乎預料的反應感到驚訝，他繼續說道。

「總之一切都已經結束了，你不用再去在意了。賽格耶夫那邊的幹部這陣子會發生權力鬥爭。所謂權勢，最終只會演變成醜陋的內鬥。」

雷歐尼得聳了聳肩，簡單道別後轉過身去。利元這次沒有抓住他，耳邊傳來靜靜的關門聲，接著變得一片寂靜，利元獨自留了下來。

他死了。

隨著雷歐尼得的話，他想起了狄米特里的笑聲。

你戀人的血聞起來怎麼樣？

抱著自己呢喃的凱撒聲音，依然在耳邊迴盪。

不會很久，很快就會結束。

利元的眼中滿是自己最後看到的他的身影。

我去去就回。

這是最後一面，在那之後，竟然就永遠見不到面了。利元根本無法相信，他不禁搖了搖頭，但不斷浮現在腦海的，只有凱撒最後的身影。

……咦？

利元突然把手貼到臉上，眼淚意想不到地流了下來。他呆呆地看著溼潤的手指之時，眼前又變得一片朦朧。

那個時候……

利元心想。

應該要挽留他的。

連續發了好幾天高燒後，利元終於漸漸恢復了健康。聽到醫生說幸好並沒有惡化成肺炎，米哈伊帶著皺紋的眼角泛出淚光。利元只是向醫生表示了謝意，沒有再多說什麼。

他一直思考著某件事情，幾乎不太說話，但他一有空就會去看報紙，或是尋找網路上的資料，馬不停蹄地工作著。

他的身體狀況變得越來越好，而他工作的時間也越變越長了，看不下去的米哈伊雖然一直勸他休息，但利元只會說自己沒事，情況毫無改變。

他到底在做什麼呢？

最終，他一整天都把自己關在書房裡，這時不只是米哈伊，連組織成員們都開始好奇，想要一窺究竟了。

那天利元也一吃完早餐就走向了書房，雷歐尼得看著他的背影，轉頭向坐在上座的米哈伊問道。

「他究竟在做什麼呢？」

「我也不知道，不過你才是在做什麼？委託早就結束了，你怎麼還待在委託人的家裡？」

米哈伊以「真是替人添麻煩」的語氣問道，雷歐尼得卻毫不在意地笑著回答。

「我想看到少爺完全好起來，我救了他一命，至少值得得到那麼一點成就感吧？」

「利元已經痊癒了。」

「是這樣嗎？這跟醫生說的不一樣呢。」

米哈伊看著微笑著的雷歐尼得，不發一語。雷歐尼得看著他不滿地望著自己，笑著說道。

「請不用擔心，我絕對不會告訴利元先生你塞錢給醫生，叫他幫忙把少爺多留住一個月的事情。」

雷歐尼得像是在說什麼祕密般，低聲補充了一句。

「醫生很會演戲呢？他說還得再多觀察一個月，我還以為那是真的。」

雷歐尼得站了起來，對依然不發一語的米哈伊道謝。

「那我先離開了，這個鬆餅真的很好吃。」

雷歐尼得對剛好經過的女僕打過招呼後，邁出輕鬆的腳步離開了餐廳。被獨自留在那裡的米哈伊露出不滿的神情，他瞪著鬆餅，把盤子推了出去。

❀ ❀ ❀

咚咚。

雷歐尼得輕輕敲了敲門，間隔了一下才把門打開。書房的窗戶大大敞開著，冰冷的風直接吹了進來，利元坐在地上吹著風，看著資料。雷歐尼得在內心咋舌，向他靠近過去。

「你的身體才好沒多久……這是自虐還是自大？」

雷歐尼得探出身子，把大窗關起來、上鎖後說道。

「我好不容易才救了你一命，你如果死了我會很為難的。」

對於雷歐尼得開玩笑似的補充的話語，利元不帶感情地回答。

「請不用擔心，我只是想要通個風而已。」

他義務性地回答，雷歐尼得用訝異的眼光俯視著用螢光筆在文件上做標示的他。

「你到底在做什麼？大家都很好奇耶。」

利元若無其事地回答。

「只是簡單的財務調查。」

雷歐尼得想要探頭查看文件，利元立刻將之翻面後，抬頭看向他。

「你怎麼在這裡待了這麼久？沒有工作要做嗎？」

這句話聽起來雖然像是挖苦，但利元的表情不帶任何情感。雷歐尼得爽快地笑著回答。

「對，我在休假。剛好羅莫諾索夫先生說我是他兒子的救命恩人，提供了各種待遇。」

「原來如此。」

利元沒有給予更多反應，不過雷歐尼得知道利元正在努力壓抑住不耐。他享受著對方那樣的反應，故意裝作若無其事地問道。

「你這麼認真到底是在做什麼？你說說看，搞不好我能幫得上忙。」

「喔。」

利元似乎現在才想起來似的回頭看向他。

「這麼一想，我忘了一件事情，請你靠過來一點。」

見利元動著手指的樣子，雷歐尼得驚訝地彎下了身。下一刻，利元緊握的拳頭正面揮向了他的臉，他對著來不及慘叫就跌坐在地的雷歐尼得痛快地說道。

「這是上次你欠我的。」

回過神來的雷歐尼得抗議道。

「竟然說是我欠你的，我這次不是救了你嗎？」

「那個你有拿到報酬吧？但你欠我的可沒有還。」

利元冷靜地說完，再次看向文件。雷歐尼得露出感到荒唐的表情，但見他馬上重新專注於文件，他無奈地站起來，走向了他。

「我已經還完欠你的了，那你告訴我，這是什麼？」

利元抬頭瞄了他一眼。

「你還挺固執的嘛。」

「身為狙擊手，這是必須擁有的品德。」

利奧尼達謙虛地說完，充滿期待地看著利元，這次像是希望他能透露點什麼似的。利元出乎意料地對他露出微笑，這突如其來的反應讓雷歐尼得愣住了，而利元站起來走向門邊。

「請。」

見利元爽快地打開門叫他出去，雷歐尼得決定先退讓一步。當他嘆口氣、邁開腳步時，駛進宅邸的汽車引擎聲傳來，雷歐尼得沒有錯過機會，立刻轉過身去。

「似乎有客人來了，會是誰呢？」

看到雷歐尼得轉移話題，拖延時間，利元皺著眉頭走到窗邊。他漫不經心地俯視下方，卻愣住了。看到他這個意外的反應，雷歐尼得也很驚訝，他朝著窗外伸長脖子，往下方看去，立刻得知了其原因。雖是有客人來訪的關係，但利元對這個訪客的反應異常敏感。

利元突然轉過身去，雷歐尼得來不及攔住他，他就已經走出去了。雷歐尼得訝異地確認著訪客的身分，黑色轎車的車門打開了，高大的男人下了車。

是狄米特里·賽格耶夫。

雷歐尼得皺著眉頭，俯視這個抬頭挺胸的傲慢男人。

666

突然其來的訪客一瞬間在宅邸內引起一陣騷動。賽格耶夫組織內的實力派人物狄米特里竟然獨自來見羅莫諾索夫，簡直令人難以置信。在緊繃著神經、警戒著的組織成員面前，狄米特里大方地走到米哈伊面前。

「很高興看到你身體健康，羅莫諾索夫先生。」

看到他的笑臉，米哈伊也笑著回答。

「你還是一樣口是心非呢，狄米特里。」

狄米特里沒有否認，只是笑了一下，立刻切入正題。

「如你所知，目前賽格耶夫正處於非常混亂的狀態。」

狄米特里爽快地起頭後，露出微笑。

「如果羅莫諾索夫先生願意助我們一臂之力，我想能對組織的安定有相當大的幫助。」

「哈！」

感到無言的聲音此起彼落，有人還故意在頭旁邊畫圈，表示他是不是瘋了。狄米特里不在意周遭的反應，看著米哈伊等待他的回答。米哈伊面無表情地停頓了一下。

「提出這樣的提議時，應該先亮出能吸引我們的條件，不是嗎？」

「我當然有準備……」

狄米特里像是等待已久似的開了口，視線卻停留在從米哈伊後方出現的高大身影上。當兩人對到視線時，利元用冰冷的目光瞪著他，狄米特里卻只是毫不在意地用眼神打了個招呼。

「羅莫諾索夫這邊絕對不會蒙受任何損失。你覺得如何？要不要先考慮看看？」

「利元。」

米哈伊轉頭看向兒子，大家的視線也一致朝向了利元。米哈伊開口了。

「你對這樣的提議有什麼想法？」

利元用冰冷的表情回答。

「我是個外人，我的意見應該沒有什麼幫助。」

「但我還是想聽你的意見。對了，你身為律師，如果你的委託人得到了這種提案，你會給他什麼忠告呢？」

聽到充滿慈愛的詢問，利元皺了一下鼻子，立刻聳了聳肩。

「我會勸告他說，如果只提及利益就想進行協商，那完全是三歲小孩才會用的手法。」

米哈伊笑了出來，觀察著臉色的組織成員也於四處發出笑聲，屋內旋即笑成一片，沒有笑的只有利元和狄米特里。隨著一陣笑聲過去，狄米特里開口了。

「你這些話像是無法信任我這賽格耶夫組織的二當家呢。」

他將視線投向米哈伊，問題卻是朝著利元問出的。利元沒有拒絕他的挑釁。

「如果你要求和首領單獨面談，那你也要派出最高領袖，這是一種禮儀。訪問其它國家時，也是由總統接待總統的。」

米哈伊驕傲地露出欣慰的笑容，覺得自己的兒子真的是從頭到尾都優秀得不得了。盯著利元看的狄米特里露出了皮笑肉不笑的笑容。

「好吧，既然不相信我，我也沒辦法了，請和我方的最高領袖進行協商吧。」

走廊上恰巧有安靜的腳步聲傳來，規律且節制的皮鞋聲讓聚集的人們一個個轉過頭去，利元也不禁轉移視線，卻和其他人一樣直接愣住了。他漸漸瞪大眼睛，直到再也無法張得更大。

所有人都說不出話來，在陽光照耀的會客室裡，人們都只盯著一處看，沒有人開口說話。經過長長的走道走進來的男人身上聚集了所有人的目光，他挺拔地停在了會客室正中央。

「……沙皇。」

有人像是在說夢話般呆呆地呢喃道，在陽光下閃閃發亮的淺金髮男人穿著黑色西裝，站在他們面前。在一片沉默之中，凱撒的視線投向了一處。當他們對到視線時，失神僵住的利元瞳孔一瞬間動搖了，兩人同時浮現出同樣的想法。

你為什麼會在這裡？

剎那間，利元不禁用尖銳的聲音大喊道。

「我可以和沙皇談一下嗎?!」

大家頓時全都回頭看向他，利元衝動地說出口後，立即恢復理性，補充說明道。

「我身為他的委任律師，在協商之前要給他一些建議。」

「利元，那我呢?!」

米哈伊失落似的問道，但利元沒有回答，他只是立刻伸出手抓住凱撒的手臂，直接穿過了走廊。

好不容易避開組織成員的視線找到了空房間，利元立刻把凱撒推了進去。只剩下兩人之後，凱撒立刻轉身面對他。

「這是怎麼回事?你怎麼會在這裡?」

「給我咬緊牙關。」

利元沒有回答，只是輕聲說了這句話。凱撒愣了一下，利元立刻握緊拳頭，就這樣狠狠揍了他的臉一拳。

「砰」的一聲，臉被正面打中的聲音響起，凱撒瞬間搖晃了一下，皺起了眉頭。不過他這次也沒有說話的機會，因為利元立刻抓過了他的臉，強行不斷地親吻著他。

面對意外的狀況，凱撒沒能立即反應過來，他只是瞪大眼睛僵在那裡，而這時利元也不停吻著、摸著他的嘴唇，確認他的體溫。

神啊。

利元幾乎是第一次對神說話。這是真的，他還活著……！

利元艱難地喘著氣，繼續親了他好幾下，暫時沒能反應過來的凱撒慢了半拍，才把利元一把拉過來。利元就像深怕再次失去他一般，用盡全身的力氣把他抱住，即使親吻、確認了好幾次，他依然沒有消失，他真真實實地就在自己眼前。

「……你這個混蛋。」

這瞬間，凱撒愣住了，利元用恨得牙癢癢的表情瞪著他。

「你竟然騙了我？」

「你說話真的太粗魯了。」

凱撒皺著眉頭指責他，但回應他的依然只有髒話。

「閉嘴，就算你有一百張嘴，你也不准說話，該死的傢伙。」

這次利元也沒有給他辯解或道歉的機會，嘴唇再次交疊，吻了起來。溫柔相接的嘴唇立刻狂野地交纏在一起，舌頭粗暴地伸進嘴裡，攻占口腔。凱撒輕咬、吸吮著利元的嘴唇，柔軟的舌頭再次進入張開的唇瓣之間，頂弄著舌頭，蹭過突起之處，搔癢著口腔內側。

凱撒深深嘆了口氣，同時用充滿欲望的視線俯視著利元，利元卻沒有阻止他。當微微顫抖的手指碰觸到利元的臉頰，利元閉上了眼睛，凱撒便親吻了他的臉頰。他的手滑到利元腦後，溫柔地撫摸著後頸，另一隻手抱住他的腰拉了過來。利元無意間被拉過去的身體緊緊地與凱撒貼在一起時，他就已經可以預測到下一步了。

凱撒隔著利元的褲子捏住了他的臀部，大手揉捏著臀肉，深深嘆了好幾次氣。利元可以清楚感受到凱撒的前面膨脹起來。利元把手放到凱撒的腰後，同樣的抓住他的屁股拉了過來，堅挺發燙的前端碰到了利元，凱撒的呼吸立刻變得急促，變得深沉的灰色眼眸裡映照著利元的臉，利元甜蜜地呢喃道。

「如果這次也只有你享受，小心我折斷你的脖子。」

凱撒雖然笑了，但手很快就扯住利元的褲子，就這樣連同內褲一起拉了下來。凱撒見對方沒有制止他，立刻把自己的嘴唇覆上，把他撲倒在地。隨著「砰」的一聲巨響，他們一起倒在會客室的地毯上，利元立刻翻過身體占據上方，將手伸向凱撒的褲子。

他已經充分勃起了，利元輕輕咬住嘴唇，靜靜地笑著抓住他的褲頭，凱撒勒抬起腰來，利元便一口氣把他的褲子脫掉。當利元再次跨坐到他上方時，一道粗魯的聲音從門外傳來。

「少爺，請問你沒事吧？少爺！」

聽到組織成員急忙敲門的聲音，利元愣了一下，凱撒趁這個機會立刻翻身，占據了上位。凱撒的嘴唇吻著利元的肩膀，吸吮著立刻就留下了印子。一直有人在外面大喊，聽到激動和焦急的聲音，利元急忙喊道。

「我沒事，呃！」

那一瞬間，凱撒用力咬住利元的肩膀，讓利元反射性地發出了尖叫。

「少爺！請等一下，我馬上把門打開！」

著急的利元用盡全身的力氣高喊。

「我就說不要進來！不用，我沒事……如果有人進來，我不會原諒他的！」

手把晃動的聲音停了下來，利元瞪著門口好一陣子，好不容易放心地嘆了一口氣。這時，凱撒把利元的襯衫拉了上來，用嘴唇磨蹭著在結實腹部上留下的槍傷。

「你在做什麼？如果被發現了怎麼辦？」

利元低聲罵道，凱撒便笑了。

「我無所謂。」

「這裡可是敵營，不要說那種危險的話。」

凱撒撐起身子看著利元的眼睛。

「如果能抱著你死掉，我應該會立刻上天堂吧。」

這句話讓利元皺起了臉，凱撒卻被他迷住了似的望著他，呆呆地發出喜悅的讚嘆。

「……我的老虎。」

不知所以然的話讓利元皺起了眉頭，他突然垂下視線，看到了他的身體，大大敞開的襯衫下，腹部包裹著厚厚一層繃帶。這是真的，以傷口的大小來看，利元察覺到他可能處於非常危險的狀態。當他張開手掌，慢慢撫摸著他的肌膚時，凱撒立刻做出了反應。他抓住利元的屁股，揉捏著尋找窄縫，遲疑地用手指蹭著皺摺處，而利元用溫柔的聲音誘惑似的低喃。

「在那之前，你先跟我道歉。」

凱撒的動作突然停住了，他大又堅挺的性器似乎想要馬上進入利元的體內。利元把那樣的陰莖放在臀部下，微笑道。

「道歉，說你錯了。」

下身雖然處於非常興奮的狀態，凱撒卻無法輕易開口。利元俯下身來，踐過他的頭髮。

「你不道歉，我就不做愛。」

凱撒的臉從來沒有那樣扭曲過，利元在心裡開始數著，看他能撐多久。

當他數到五時，凱撒開口了。

「……我、向你道歉。」

雖然不是利元所希望的形式，但他還是道歉了。這個男人到底知不知道我為什麼會叫他道歉啊？雖然心想著他一定不知道，但利元還是同意了。

「現在放進去吧！」

聽到這句話的同時，凱撒把他撲倒，立刻想要將下身推進利元的體內，但因為操之過急，不小心讓性器滑了出去。凱撒少見地罵了聲髒話，換了姿勢，他讓躺著的利元雙腿張開，把他的腿扛在肩膀上，插進露出的後穴中。在沒有充分擴張的狀態下直接硬插進來，讓利元皺起了眉頭，但他沒有拒絕，反而伸手抓住凱撒的肩膀，將腰放低，幫助他插入。

「……嗯……！」

凱撒終於進到裡面時，深沉的呻吟從利元嘴裡洩出，冷汗從背脊滲出。好不容易讓最粗的部分通過了，粗長的性器接著推了進來，利元感受到極度的壓迫感，便用力抓住了凱撒的肩膀。

「……呼。」

凱撒深吸了口氣，再次俯視著利元的臉，露出淺淺的微笑，利元後來才知道，原來那是一種警告。

才感受到深深插入的陰莖突然抽出去，卻又立刻插了進來。抬起上身、張開腿的利元不經意地垂下視線，看到充血的粗長陰莖正在進出自己的身體。

利元的臉瞬間漲紅，自己的性器同時站了起來。他雖然慌張，但又藏不住，利元低著頭，感到無法習慣地看著性器在自己體內抽插，填滿利元的下身又退出的凱撒注意到了他的視線。

「你在做什麼？」

聽到氣息粗重的詢問，利元回答。

「我在看你。」

凱撒臉紅了，利元卻沒有察覺。

真的很壯觀。

利元不禁讚嘆，原以為已經是極限了，凱撒的陰莖卻又變得更大。它到底有多長呢？到底能把自己填得多滿呢？利元突然感到好奇，於是他往後退，讓他的性器離開了自己的身體，這時凱撒發出野獸般的呻吟，粗暴地把利元拉了過來，同時將性器深深地埋了進去，利元很可惜地錯失了這個機會。

在凝視對方的過程中，利元原本只是隨著他的擺動晃動著，身體卻自然而然有節奏地擺動起來。當凱撒插進來時，利元就會緊緊吸住他，出去時又放開，重複幾次後，身體就不由自主地動了起來。

「呼、啊、哈啊、哈。」

每當身體搖動，嘴裡就發出快要斷氣般的粗喘，不只是利元，凱撒也發出聲音，從嘴裡、交合之處，聲音不停響起。在一陣恍惚中，利元隨著凱撒的動作擺動著臀部，凱撒漲紅的臉變得更紅了。他快速抽送，利元的動作也變得更快；凱撒放慢，他也配合著放慢速度。

「呃……」

凱撒的喉嚨深處湧出嘆息，他將利元的腿拉過來抱住，看向他的眼睛。如同深淵般的黑色眼眸與自己對上了，凱撒發出嘆息，同時雙唇交疊。利元坐在凱撒的大腿上激烈地晃動著腰，臀部磨蹭，從瘋狂的呻吟和激烈的喘息中，累積的精液像噴泉般噴湧而出。

「我沒想到你是這種蕩婦。」

凱撒無法置信地說道。利元抬頭瞄了他一眼，凱撒的那個還在他身體裡，粗細和大小完全沒變，連硬度也絲毫沒有減少。

本來想問他你的那個什麼時候會軟下去，凱撒卻低下頭來，用嘴唇在滿身是汗的利元身上磨蹭。當他在利元的臉頰上來回親吻時，利元發出小小的嘆息，凱撒咬住他的耳朵後，開口道。

「你不知道那是演的嗎？」

利元正閉著眼睛感受凱撒的體溫，卻突然睜開雙眼。

「……演的？」

「對。」

見利元一言不發地看著自己，這次換凱撒皺起眉頭。

「我明明有交代狄米特里……」

「狄米特里說你死了。」

聽到利元的話，凱撒的表情變得僵硬。

「那你到現在為止都是這樣以為的？以為我死了？」

「對。」

利元點點頭。凱撒好像忘了自己該說些什麼，只是呆呆地俯視著利元，利元慢了半拍才覺得有些奇怪。

「你不知道我在這裡嗎？」

聽到利元的提問，凱撒用不太高興的表情點點頭。

「對。」

「那你為什麼會來這裡？」

利元問出過於理所當然的疑問，凱撒頓了一下，回答道。

「因為我需要羅莫諾索夫的軍隊。」

「軍隊？」

聽到利元反問，凱撒說道。

「如果要除掉叛徒，我就無法動用組織內的成員，因為要是消息走漏會很麻煩。」

「你是指你還活著的事嗎？」

「還有……」

凱撒轉頭看向利元。

「我會把叛徒全部除掉的事。」

可以燦爛地笑著說出這句話的，天底下應該只有這個男人了。利元不再說話，只是嘆了口氣。

我怎麼會和這種男人扯上關係呢？而對方還是黑手黨中的黑手黨。

後悔也已經來不及了，利元不想再想了，他抬起頭來，日落像是逃進會客室般，有些提早地從窗外灑落進來。利元突然瞇起眼睛，絢麗的殘存光線讓視野變得朦朧，夕陽的最後一絲光芒將凱撒的銀髮染得通紅，光的殘影在他身後掀起波動，接著又平靜下來。

「……嗯。」

凱撒又在下方動了起來，利元本想看向手錶，但又馬上放棄了。

「不能做太久喔。」

利元回想起之前不知厭倦地連續做了好幾天的情況。凱撒惋惜似的嘆了口氣，就算如此，他也沒有放棄。他只是慢慢地動著腰，在利元的體內淺而重地搔弄著，利元立刻發出嘆息和呻吟。當他下意識曲起膝蓋，將腿張開，凱撒立刻交疊在利元身上，開始全力擺動腰部。

「啊、啊、啊、啊。」

每當下方傳來碰撞聲，利元就會無法忍住湧上來的呻吟，不斷地叫出聲來。第二次的射精來得飛快，隨著急促的呼吸顫抖著身體時，凱撒持續擺動腰部，在利元體內盡情地射了出來。

૭ ૭ ૭

聽到腳步聲傳來，在會客室等待著的人們一致轉過頭來，看到兩人並肩走過來的瞬間，所有人都顯露出緊張的神色。究竟發生了什麼事？兩人都若無其事、面無表情的樣子，但沙皇的領帶歪掉了，利元後腦杓的頭髮也翹了起來。

他們是不是動過手了？你看，他們的臉竟然紅得這麼厲害。

組織成員彼此對看，用焦急的心情等待著兩人開口。

「好，怎麼樣了，條件談好了嗎？」

「什麼？」

聽到米哈伊溫柔地詢問，利元反而不知道是什麼意思般地眨了眨眼睛，之後才回過神來，急忙點了點頭。

「是，我想羅莫諾索夫那邊應該也會滿意的。」

利元瞄了凱撒一眼，補了一句。

「應該是吧。」

凱撒好像在說「你不用擔心」似的露出微笑，立刻對米哈伊說道。

「羅莫諾索夫先生，我們兩人可以單獨談一下嗎？」

凱撒和米哈伊兩人單獨走向另一間會議室時，利元和狄米特里也去了其他間會客室。狄米特里用放鬆的表情拿出雪茄，咬在嘴里，吞吐著煙。狄米特里隔著桌子看著利元微笑。

「盡興了嗎？」

他故意吐出長長的舌頭，利元面無表情地回答。

「還沒，我們會再挑別的日子的。」

聽到這句話，狄米特里大聲笑出來。

「哎呀，你好不容易活下來了，這下真的會死掉。」

狄米特里笑著對不發一語的利元說道。

「如果我真心想殺了你，你可能會連骨灰都不剩。你可要感謝我，讓你活久一點。」

「我會那麼想的。」

他意外地爽快回答道，讓狄米特里愣了一下，看向利元。利元面無表情地問道。

「聽說這次的計畫是你和凱撒一手演的好戲？」

「是啊，為了要揪出反對勢力。」

狄米特里驕傲的聲調中，透露出「不是你，而是選擇了我」的含意。利元用冰冷的表情補了一句。

「但是你卻搞得一團糟。」

「……什麼？」

聽到狄米特里尖銳的聲音，利元不帶感情地繼續說道。

「總之你似乎也努力過了，我也不會再針對過去的事多說什麼，只不過……」

利元故意頓了一下，補充道。

「未來擬定計畫時，你得再更縝密一點，因為我也不打算總是吃虧。」

狄米特里用鼻子嘲笑了他一聲，不過聽到接下來的話後，他臉上的笑容立刻消失了。

「你私藏的財產真的很多呢，狄米特里先生。任職於KGB時累積的資金和不動產，不只在瑞士，在德國也有隱匿的財產，在法國和日本也持有土地吧？」

利元瞇起了眼睛。

「據說你還在那些地方經營祕密俱樂部，做非法藥物和賣淫的買賣。」

「所以呢？」

狄米特里靜靜地瞪著利元，一副你知道了又能怎麼樣的樣子。利元排除個人情感，極度事務性地開口。

「你完全沒想過從那天以來，我為什麼會一直待在這裡嗎？」

狄米特里笑了一下。

「因為你是個膽小鬼。」

「你錯了。」

利元用無情的口氣回答。

「因為這裡有我需要的一切，關於違法資金的資料，還有搜查特定人物的資料和證據。」

狄米特里的笑容消失了，利元補充了一句。

「順帶一提，這裡甚至有你幾歲才戒掉尿布的資料。」

狄米特里的表情變得越來越僵硬，利元卻漸漸浮現出笑容。

「我本以為你背叛了凱撒，正準備要用我自己的方式對你復仇，但我就先到這裡好了。你雖然沒有把事情處理得很好，但至少拚命過了。」

利元對著啞口無言的狄米特里說道。

「不過希望你下次別再失誤了。」

對於好心補充的話，狄米特里皮笑肉不笑地說道。

「我總有一天會殺了你。」

利元溫柔地回應。

「在那之前，你應該會先變成乞丐。」

狄米特里一臉凶惡地站了起來，粗魯地走出會客室後，有另一個人走了進來。

「我還想說你這麼認真到底是在做什麼，原來是那樣嗎？」

雷歐尼得短短地吹了聲口哨，利元面無表情地責問他。

「偷聽別人的對話不太禮貌吧？」

「偷聽是狙擊手的本能，我可是個天才。」

利元不耐煩地看著他，雷歐尼得便笑了。

「總之承受羅莫諾索夫先生的白眼待在這裡也值得了，你果然沒有讓我失望，我真的很喜歡你。」

「很高興你過得這麼愉快。」

聽到明顯是客套的回應，雷歐尼得笑出聲來，他將身體靠在利元坐著的沙發椅背上。

「給你。」

雷歐尼得從懷裡掏出某個東西，遞了過來，利元訝異地收下了。那是以最高級的珍珠紙和金箔印刷出來的個人名片。

『**雷歐尼得，最好的狙擊手，不論是誰都能殺掉。Email:killukillu@gmail.com**』

雷歐尼得驕傲地指著寫在背面的手機號碼，對著不發一語地看著名片的利元說道。

「你是第一個知道這個號碼的人，只要有需要，你隨時隨地都能打給我。」

利元抬起頭來，他充滿自信地接著說道。

「不論是誰我都能將他殺掉。」

雷歐尼得笑了一下便離開了，利元看著他的背影，皺著眉頭心想。

我身邊怎麼這麼多急著想要殺掉別人的人？

۶ ۶ ۶

連日大雪終於停了，停航的飛機在今天忙碌地往返於天空之間。一大早就來到機場等待的組織成員根本不在意路人偷瞄的視線，頻繁且焦慮地確認著時間。

「啊！」

聽到有人大喊，大家一致把視線轉向一處，一大群男人接著爭先恐後地跑了過去。

「薩沙，您回來了！」

看到尤里西急忙彎腰行禮，薩沙面無表情地開口。

「你們怎麼會在這裡？」

聽到如機械般沒有抑揚頓挫的聲音，大家都互相觀察著彼此的臉色，回答道。

「我……那個……我們是為了接您才來的。」

組織成員因無法形容的壓迫感緊張地結巴，薩沙用冰冷的視線瞄向了他們。

「真是大驚小怪。」

薩沙只說了一句就邁開腳步。將花白的銀髮往後梳理整齊，穿著俐落西裝的男人，一隻眼睛上戴著黑色的眼罩，他一手掛著大衣，大步向前走去。路人露出好奇和恐懼的眼神，看著穿著黑色西裝的男人們一窩蜂地跟隨其後。

等薩沙坐入正在待命的轎車後，一致低下頭來的組織成員急忙坐進後方的車子裡，薩沙搭乘的轎車很快就出發了，後面的黑色廂型車也接連駛去。尤里西焦急地偷看翹著長腿，靠在椅背上的薩沙側臉。

「那個，薩沙，我想您在來的路上應該已經聽說了……」

「所以呢？」

薩沙閉著眼睛，靠在椅背上繼續問道。

「接班人死了，所以是要我推舉他為二當家的意思嗎？」

尤里西提心吊膽地觀察著他的臉色。

「其實，薩沙，組織內有很多閒言閒語……杜切夫暗殺了沙皇的傳聞已經傳開了，可是，怎麼可以……」

「所以。」

薩沙打斷尤里西結結巴巴地說出的話。

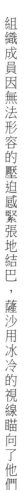

「他死了嗎？」

「什麼？」

薩沙依然閉著眼睛，對著嚇了一跳的尤里西問道。

「我問你，沙皇真的死了嗎？」

「呃，不，那個、因為沒有人看到他的屍體……雖然也有人說是為了避免警方調查才毀屍滅跡的，您也知道，毀掉屍體並沒有那麼難……」

聽到他猶豫著說出口的話，薩沙不發一語，察言觀色的尤里西見他的嘴角隱約泛起了微笑，嚇了一跳。

「真是麻煩。」

「薩……薩沙？」

尤里西慌張地再次叫了他的名字，但薩沙自此便不再說話了。

◎ ◎ ◎

「好，我知道了，我會等著的。」

杜切夫掛上電話，轉身看向等待消息的幹部們，對著明顯流露出緊張神色的他們開口道。

「聽說薩沙回來了，現在尤里西正從機場接他回來。」

幹部們彼此對看，杜切夫用激昂的口氣接著說道。

「都已經走到這一步了，絕對不能回頭，無論如何都要貫徹我們的意志。」

杜切夫鏗鏘有力地說完，立刻放緩了語氣。

「當然，站在我這邊的同志們，我不會忘記你們的恩情。」

面露緊張的幹部表情終於變得明朗，杜切夫在心裡滿足地想著，這麼一來，幾乎就等於成功了。

他已經列好了不願意服從他的幹部或組織成員的名單，等今天薩沙承認自己為接班人，他就要大肆肅清，然後他就會成為賽格耶夫的二當家了。

終於……

杜切夫露出陰險的笑容。

聽到從第一線退下的首領回來，組織內的幹部一陣騷動。他們合伙幹掉了繼承人，接下來只剩下指定新繼承人的問題了，大家都認為今天的會議將會指定新的接班人。

幹部們搭著眩目的轎車一一抵達組織辦公室，許久沒出席和剛升上來的幹部三三五五地聚在一起聊天，他們全都是支持杜切夫的人。杜切夫環視著會議室，露出會心的微笑。很完美，一切都跟計畫的一樣。

這裡沒有不站在他這邊的人，杜切夫充滿了自信，如果是這個人數，就算是薩沙也一定會屈服在壓力下。

「不過狄米特里怎麼沒有來？」

在寬大的會議室內，享用著雞尾酒等待會議開始的一個幹部，突然想到似的開口道，另一位幹部搖著頭回答。

「反正他已經做完他該做的，別管他了。讓並非幹部的人介入，也只會破壞氣氛。」

「沒錯，萬一惹薩沙不高興怎麼辦？我可沒那個信心。」

大家你一言我一句地附和道。

「組織內還有許多薩沙的支持者，我們必須小心一點。」

聽到某個人緊張地提醒，另一個人也附和道。

「薩沙的實力也不容忽視，他可是打造出沙皇的人。」

「其實我這輩子都不想再見到他了。」

聽到某人老實地坦白，大家都臉色蒼白地竊竊私語著。杜切夫對跟進行準備工作時不同，突然變得很膽小的幹部們感到不耐。

「為什麼你們事到如今才像一群縮頭烏龜一樣？已經沒有回頭路了，我們都上了同一條船了！」

聽到杜切夫大聲斥責，大家都立刻靜了下來。杜切夫悄悄咬著牙，陷入沉思。

薩沙，賽格耶夫派的現任首領。

如果沒有得到他的認可，自己在組織內的地位就會落空。為了繼承組織，他非要得到他的同意不可……！

就在他下定決心時，守在外面的組織成員一臉蒼白地急忙跑了進來。

「薩沙剛剛下車了。」

幹部們頓時彼此對看，薩沙．賽格耶夫終於要出現在他們眼前了，一直交頭接耳的幹部們全都閉上了嘴。薩沙經過他們面前，走向自己的座位，在安靜、寬大會議室裡，響起的只有他的腳步聲。

室內一片寂靜，聚在一起的幹部只是看著彼此的眼色，沒有人開口。在凝重的沉默中，坐在最上位的薩沙沒有發言，像在說「你們有話直說」似的等著他們說話，不過沒有人先開口。默默等待的薩沙說話了。

「空位還真不少。」

這是薩沙相隔幾年後說出來的第一句話。幹部們急忙彼此對看，低聲交頭接耳。薩沙正看著他們慌忙地竊竊私語時，杜切夫開口了。

「有些幹部說他們身體不適，所以缺席了，我們會再提供會議紀錄。我們已經向他們轉告說您會出席了，但還是……連幹部都這樣，所以組織才會運作不起來。」

杜切夫趁機起了個頭，沒有出席的幹部都是凱撒的支持者，而他故意沒有連絡他們，但是薩沙不可能發現。

杜切夫在心裡偷笑，表面上卻滿臉擔憂。聽到他的話，原本彼此看著眼色的其中一個幹部尷尬地乾咳兩聲後，開口道。

「那個……薩沙，其實現在組織發生了一些不光彩的事，處於危機之中，所以需要盡快選出新的接班人……」

大家像是在等待他小心翼翼地開口似的，開始你一言我一句地說道。

「這段期間我們也很辛苦，自從您把組織交付出去、離開後，簡直變得一團亂。如果您沒有要再次接任，請指定繼承人吧。」

「我們好不容易著維持組織，而現在也已經快到極限了。」

「您怎麼都不說話呢？您聽不到我們說話嗎？想要忽視我們的意見嗎？」

話說得越來越激動，但薩沙依然什麼都沒說，只是用令人起雞皮疙瘩的冷漠表情掃過所有人。幹部們吵了半天，但因為一直得不到回應而漸漸變得疲憊。等不再有人抱怨了，薩沙才第一次開口。

「所以……」

他用如劍一般銳利的聲音說道。

「你們想指定誰為接班人？」

聽到這句話，大家都慌忙地交換視線，而杜切夫站了起來。

「大家都同意我接任那個位子，懇請您同意。」

杜切夫用充滿自信的表情做出了宣言。幹部們緊張地等待著，看是該拍手、還是要反對，大家都只是望著薩沙。凝視著杜切夫的薩沙開口了。

「也好。」

意外地聽到爽快的回答，大家都面露喜色，同時也搞不清楚狀況而互相對看。薩沙用冷冷的聲音繼續說道。

「反正組織就是講求力量，就把沒有參與的幹部視為放棄，如果現在在幹部中你最有勢力，那就由你來當。你既然用力量搶奪，那當然就是你的。我同意讓杜切夫成為接班人。」

幹部們悲喜交加。糊里糊塗地被捲入計畫中的幹部們驚慌失措，而站在杜切夫那邊的人發出了歡呼聲，其中最滿意的人當然就屬杜切夫，滿臉橫肉的臉上表現出喜悅之情，和他的支持者握手道賀。

現在組織是我的了，沒禮貌的小毛頭，你就在地獄裡永不得翻身吧！

那一瞬間，他成為了世界的王。

「如果強者為王，那也應該由我來當吧。」

突然聽到一道聲音傳來，大家頓時驚訝地看向某處。會議室的門打開了，男人一腳踏了進來，有著一頭耀眼的淺金色頭髮的男人現身時，會議室的氣氛一瞬間改變了。倒抽一口氣的聲音和開心的讚嘆旋即傳來，在組織成員之間引起了一陣騷動。薩沙的單眼隱隱散發出光芒，嘴角泛起了微笑。

開門進來的是原以為已經死去的接班人。

取自皇帝之名的凱撒。

與年輕時的薩沙一模一樣的沙皇一如往常地身穿俐落西裝，披著大衣，站立著看著他們，他回來了。

會議室一瞬間陷入沉默，到剛剛為止飄盪的興奮氣氛已完全消失，大家都慌張地說不出話來。

「怎、怎麼會……?!」

在一片混亂中，杜切夫面色鐵青，變得結結巴巴的。在跟他對到視線的瞬間，凱撒冷冷地笑了，讓會議室的氣圍立刻降至冰點。在一臉蒼白地看著自己的幹部們面前，凱撒親自把椅子拉出來坐下。幹部們全都屏息地注視著他，他從容地把單手靠在扶手上，開口道。

「好，那麼重新開始會議吧？」

凱撒把幹部全都打量了一遍。

「今天的會議內容是討論是否要更換接班人嗎？」

聽到他低聲呢喃，幹部們全都屏住呼吸。在無人願意為杜切夫挺身而出的情況下，他只能自救，杜切夫立刻站起來主張道。

「這一定有什麼詭計，不然死掉的人怎麼會出現在這裡！」

看到幹部們騷動起來，凱撒用不帶感情的聲音開口。

「你知道我接受接班人訓練時，最先學到的事情是什麼嗎？」

凱撒的嘴邊微微泛起冷笑。

「那就是確認敵人是否徹底斷了氣。」

所有人瞬間都動搖了，支持杜切夫的幹部們臉色立刻變得很難看，不知該如何是好。

「狄米特里欺騙了我們……！」

當某人一把這句話說出口，全員剎那間異口同聲地說道。

「沙皇，這件事我們並不知情！我們是清白的！」

「那都是狄米特里一手策劃的！我們真的不知道！這是真的！」

「狄米特里今天沒有出席，一定要抓到他才行！」

這群該死的老鼠……！

杜切夫氣得牙癢癢地看著立刻背叛自己、陷入恐慌而搖擺不定的幹部們。一群沒用的傢伙，既然這樣，只好把他們一起除掉了。

「你們進來！」

杜切夫突然站起來大喊道，各處的牆壁同時打開，十幾個武裝的組織成員將槍口朝向了他們。看到幹部們嚇得臉色鐵青，不知所措，杜切夫這下才覺得心情好了一點。

「現在已經沒有辦法了。我本來想要和平解決的，但已經走到了這一步……」

他從懷裡掏出手槍，其他幹部也跟著想要採取動作，但聽到武裝成員打開保險裝置的聲音，他們只好把放進懷裡的手放下來。

「既然都變成這樣了，你是死是活也都無所謂了。」

杜切夫看著凱撒浮誇地笑了。

這樣還比較好，在這裡把所有人殺光，由我來占領組織，礙眼的傢伙全都給我消失，誰妨礙我，我就把誰殺掉……！

他首先把槍口朝向薩沙和凱撒。

「我要先除掉誰呢？」

杜切夫愉快地問道。對著直視著自己，外貌相像的父子兩人，他選擇了其中一方。好，就選薩沙好了，凱撒就留到最後，我一定要看到他傲慢的臉上流露出恐懼的神情。杜切夫這麼想後，立刻將槍口朝向薩沙。

解開保險裝置、金屬撞擊的聲音響起，在令人窒息的死寂中，只有杜切夫指著薩沙的槍發出了聲音，杜切夫露出嗜血的微笑。

「薩沙，永別了，這些年辛苦你了，我會用賽格耶夫的方式殺了你。」

在一群面色慘白的幹部注視下，杜切夫將槍口指向薩沙的額頭中央，就這樣扣下扳機。杜切夫一心等待的這一刻就在眼前，他激昂到簡直無法呼吸。

砰——

突然傳來一聲巨響，不只是幹部，連用槍指著他們的武裝成員也都僵在那裡。薩沙沒有受傷，連一滴血都沒有流下。當所有人都感到訝異地轉過頭時，他們看到對面的大樓屋頂上有數十名瞄準著會議室的狙擊手。

驚訝的武裝成員中，有人把指著幹部的槍口轉向了那些狙擊手，但在他有所動作之前，玻璃碎裂的聲音就從各處傳來，組織成員應聲流血倒下。杜切夫親眼目睹他精心培養的精銳部隊們死去。

不過惡夢還沒結束，在慌張猶豫的空檔之間，男人們從門口闖進來，到處掃射。威脅他們的武裝成員膝蓋著地地倒下，情勢瞬間逆轉。幹部們到處尖叫著趴在地上，或是在逃跑時中了槍。

經過一番掃射之後，會議室重回寧靜。凱撒在由一群狙擊手和組織成員組成的羅莫諾索夫軍隊撐腰下，開口道。

「叛徒全用賽格耶夫的方式處決。」

巨大槍響同時不間斷地傳來，各處的幹部隨著尖叫聲噴血倒下。勉強閃過子彈的幹部嚇得躲到桌子下方，不斷掃射的子彈將叛徒的身體打成蜂窩之後才停下。

凱撒面無表情地俯視著滿身是血、倒在自己腳邊的杜切夫，他從懷裡掏出克拉克手槍，坐在椅子上，朝著他的頭開了最後一槍。杜切夫隨著沉悶的聲響彈了一下後，就再也沒有動作了。

薩沙在位子上一動也不動地看著他，當槍聲停止、煙霧消散之後，他才轉頭看向獨當一面的兒子。薩沙瞇著單邊眼睛問道。

「這一切都按照你的劇本在走嗎？」

聽到從容的聲音，凱撒答道。

「因為你說新酒要裝在新瓶裡。」

「新的組織要啟用新的幹部……你是這個意思嗎？」

薩沙的嘴邊顯露出感到有趣的微笑。

「我會好好瞧瞧你會打造出怎麼樣的賽格耶夫。」

薩沙說完那句話就站了起來，他俯視著坐在位置上一動也不動的兒子，開口道。

「不需要繼承儀式了吧？」

薩沙單手拿著外套，踩著滿地的血走過凱撒身旁，他所做的，只有在經過時輕輕拍了拍兒子的肩膀，但這就足夠了。

那天在賽格耶夫的組織內發生了既微小、卻又意義重大的世代交替。在那個過程中，賽格耶夫的組織幹部大部分都變成了屍體，但空著的幹部位置隔天就立刻補上了。

關於那個消息，只有在地方報紙的小角落上刊登了幾個小訃聞，就此結束。

◎◎◎

賽格耶夫派的接班人順利繼承的消息傳出後，各個組織爭先恐後地送來花圈和賀禮。辦公室裡堆滿了各種盒子，因為已經無處可放，甚至堆到了走廊上。

從雷普那邊得到消息的米哈伊沉默地喝著茶，陷入了沉思。

他真的成功辦到了……

米哈伊突然想起之前的事。

死而復生、來找羅莫諾索夫的那天，凱撒提出了驚人的提案。

『你說你需要羅莫諾索夫的軍隊？』

對於米哈伊懷疑地提問，凱撒點了點頭。

『我已經查出叛徒了，剩下只需要處置而已。』

米哈伊出神地望著嘴角泛起冷酷笑容的凱撒，他問道。

『那我能得到什麼好處？』

凱撒瞇起了眼睛。

『你能得到這世上獨一無二的寶物，當然也有足夠的商品價值。』

『所以是什麼？』

凱撒把帶來的文件交給接連提出問題的米哈伊。米哈伊皺著眉頭想要確認其內容時，凱撒開口了。

『貝爾達耶夫全部的財產。』

米哈伊只是瞄了邊角一眼，就把文件放下了，他的臉上滿是無奈。

『你不過是把從我這邊拿走的東西還給我，卻跟我說是交易？你認為我會接受這種荒唐的提議嗎？』

『當然，我相信你一定會接受。』

『何以見得？』

凱撒露出從容的微笑。

『因為這是令郎的傑作。』

米哈伊的表情變了，凱撒見他直盯著信封，接著說道。

『文件已經全部備妥了，就等法院判決，結果如何是毫無疑問的。』

凱撒勒故意停頓了一下。

『當然，一切都是按照合法程序進行的。』

沉默地看著文件的米哈伊呢喃道。

『這全都是利元做的嗎……？』

凱撒繼續對著雖然半信半疑，但透露著燦爛光彩的他說道。

『我不認為透過這次的協商，我們就能維持友好的關係，我也並非想提出這種提案。這次的合作關係將經過完整的簽約，且僅此一次。』

米哈伊瞇著眼睛看著他說道。

『那代表我可以再次為了殺你派出狙擊手嗎？』

對於顯然的試探，凱撒爽快地回答。

『沒有問題，因為我也會這麼做。』

米哈伊雖然無奈地笑了，但他已經明白了自己的選擇。

不簡單的傢伙。

雷普小心翼翼地觀察著米哈伊靜靜浮現出微笑的表情，陷入沉思的米哈伊將紅茶拿到嘴邊，自言自語地呢喃道。

「世代交替啊……」

他的臉上露出安心的微笑。

「我也要考慮看看了。」

「羅莫諾索夫先生?!」

嚇了一跳的雷普不自覺地叫了他的名字，米哈伊卻不再說話了。

๑ ๑ ๑

春風隱約從遠處吹來，在冬天特別漫長、春天十分短暫的北方城市裡，很難享受到轉眼即逝的春天。各個地方的人們都走到戶外，脫掉上衣晒著太陽，利元卻忙碌地大步在街頭上奔馳。

快遲到了。

他氣喘吁吁地急忙奔跑著，這沒用的地鐵，每次都在趕時間時出問題，而且還一定會留下一個車站的距離。

與其等下一班，利元不如選擇用跑的。他邊跑邊確認了時間，OK，只要一秒跑十公尺就可以了，該死！

對於自己誇張的計算感到絕望的利元瘋狂跑著，徐徐吹來的春風溫柔地拂過他身旁，在快速擦身而過的建築物風景中，他突然看到從轎車上下來的高大男人。

糟了。

利元雖然急忙剎車，但已經來不及了。利元揮舞著雙手向前撲倒，完蛋了！當他想像著自己的臉撞上馬路的瞬間，身體突然騰空，有人抱住了自己的腰。

「哎呀。」

嘲笑似的發出感嘆的男人在利元頭上發出笑聲。利元安下心地嘆了口氣，抬起頭來，跟自己預想中一樣的男人俯視著自己。在春天的陽光下，閃閃發亮的淺金髮顯得特別耀眼。利元還沒從衝撞的驚嚇中回過神來，他抬頭看向凱撒，而凱撒溫柔地笑了。

「你總是用全身撲向我呢。」

利元跟平時一樣漫不經心地回答。

「誰叫你每次都擋在我面前。」

凱撒笑了出來，雖然讓待命中的組織成員嚇了一跳，但他還是不在意地問道。

「你要去哪裡？我想送你過去。」

「喔，好啊。」

利元心想著太好了，立刻把文件夾放到凱撒手上。當凱撒訝異地低頭看時，利元快速確認時間後說道。

「幫我送到那條街的三十四號，他是我的委託人，我明天下午三點會過去，所以交代他在那之前要把文件全都看完，謝啦！」

「等等！」

凱撒急忙想叫住他，但利元已經跑遠了。

我預約了餐廳呢⋯⋯凱撒呆呆地想起過去的事情，總覺得有種莫名的既視感，是我的錯覺吧？

凱撒明知道並非如此，但也只能苦澀地逃避現實。當他就這樣轉過身去時，他的手機響了，凱撒確認號碼之後，勾起了嘴角。

「怎麼了？」

聽到溫柔的詢問，依然氣喘吁吁的利元在手機另一頭說道。

『今天晚上七點，我大概有一個小時的時間。』

凱撒無聲地露出微笑。

「嗯，我好期待。」

凱撒對著手機親吻了一下，回應他的卻是無情掛斷的嘟嘟聲。

凱撒微笑著上車時，手機鈴聲再次響起，這次出現的卻是讓他沒那麼開心的名字。

「狄米特里……不，沒關係。」

他追逐著不知何時消失了的利元背影，固定住視線後笑了一下。

「剛剛會行走的A片投入了我的懷中。」

凱撒露出微笑，繼續說道。

「他真的很迷人。」

手機那頭傳來不知是辱罵還是尖叫的怪叫聲，和凱撒開心的笑聲揉雜在了一起。

——《薔薇與香檳02》完

高寶書版集團
gobooks.com.tw

CRS044
薔薇與香檳 02
장미와 샴페인

作　　者　ZIG
譯　　者　葛增娜
封面繪圖　鍋煮
編　　輯　王念恩
美術編輯　林鈞儀
排　　版　彭立瑋
企　　劃　李欣霓

發 行 人　朱凱蕾
出　　版　朧月書版股份有限公司
　　　　　Hazy Moon Publishing Co., Ltd.
地　　址　臺北市內湖區洲子街 88 號 3 樓
網　　址　www.gobooks.com.tw
電　　話　(02) 27992788
電　　郵　readers@gobooks.com.tw（讀者服務部）
傳　　真　出版部　(02) 27990909　行銷部 (02) 27993088
郵政劃撥　19394552
戶　　名　英屬維京群島商高寶國際有限公司臺灣分公司
發　　行　英屬維京群島商高寶國際有限公司臺灣分公司
初版日期　2024 年 2 月

國家圖書館出版品預行編目 (CIP) 資料

薔薇與香檳 / ZIG 著；葛增娜譯 . -- 初版 . -- 臺北市：朧月書版股份有限公司出版：英屬維京群島商高寶國際有限公司台灣分公司發行 , 2024.02
面；　公分 . --

譯自：장미와 샴페인

ISBN 978-626-7362-43-3 (第 2 冊：平裝)

862.57　　112021344